बालकाण्ड और सुन्दरकाण्ड COLOR

रामायण

विवेक कुमार पांडे शंभूनाथ

क्रम-सूची

प्रस्तावना

इस किताब को लिखने के दौरान कोई भी धर्म ,जाती व्यक्ति, समाज एवं संस्कृति को ठेस नहीं पहुंचाया गया है। इस किताब में बालकाण्ड और सुन्दरकाण्ड रामायण है।

भूमिका

लेखक की जीवनी :

मेरा नाम विवेक कुमार पांडे है और मैं एक लेखक हु , में गुजरात के सुरत में निवास करता हूं.मेरा जन्म ३० सेप्टेंबर २००२ में हुआ था, और मुझे बचपन से एक्टर बनने का सोख रहा है और अभी भी है.। में कभी ये नहीं सोचता की लोग क्या कर रहे हैं में ये सोचता हूं कि में क्या कर रहा हूं, में आज सफल हूं तो अपने पापा की वजह से आज वो रहते तो उन्हें बहुत खुशी होती , वो सदा और हमेशा मेरे साथ रहेंगे.। मेरे रियल लाइफ के सुपरस्टार और सुपर हीरो मेरे प्यारे पापा है । आई लव यू पापा । पापा को मेरे हाथ कि चाय बहुत अच्छी लगती थी ।

जब उनका मन करता था चाय पीने के लिए तो वो कहते थे । मुझे चाय पीना है कौन बनाएगा मम्मी कहती में बना देती हूं लेकिन पापा कहते नहीं मेरा बेटा बनाएंगा । उसके हाथ कि चाय मुझे बहुत अच्छा लगता है । जब भी काम करके घर आने वाले होते हैं तब मुझे फोन करते है विवेक बेटा बोलो क्या खाओगे सेब ले लु । में कहता ठीक है पापा ले लिजिए । पापा कहते कितना लू एक किलो या 2 किलो । में कहता नहीं पापा सिर्फ में ही खाता हूं भईया और दीदी को फल अच्छा ही नहीं लगता है इसलिए 3 सेब ले लेना । लेकिन पापा मेरे लिए दो तीन किलो फल लेकर आ ही जाते थे । पहले ले लेते फिर मुझे फोन करते । हमेशा ऐसा ही करते थे ।

में ये नहीं कह रहा हूं कि मुझे बहुत ज्यादा प्यार और मानते थे । वो अपने तीनों संतानों को प्यार करते थे । सबसे छोटा तो मैं ही था घर में , मुझसे बड़ी मेरी बहन और मेरी बहन से भी बडे मेरे भईया । में आज भी वो दिन का इंतजार कर रहा हूं जब पापा मेरे लिए कुछ लेकर आएंगे । मेरे कान तरस रहे है वो आवाज़ सुनने के लिए । लेकिन कहते हैं जो चीज चली जाए वो कभी लौटकर नहीं आती है । आप सभी से निवेदन है आप अपने मम्मी और पापा का ध्यान रखें । दुनिया में एक ही भगवान है वो है माता ओर पिता ।

में बहुत ही शरारती था बचपन में । मुझे किताब लिखने का शोख बचपन से ही था । जब में तीसरी कक्षा में पढ़ता था । तब से ही किताब लिखता था में और मेरा दोस्त हम दोनों किताब लिखके सभी को दिखाते थे और कहते थे जिन्हें मेरा किताब अच्छा लगे तो अपना हस्ताक्षर कर दे । मेरे अंदर एक बहुत ही खास विशेषता है में किसी के चक्कर में नहीं रहता हूं । कौन क्या कर रहा है करने दो मुझे कुछ फर्क नहीं पड़ता है । मुझे सिर्फ अपने आप पर ध्यान देना है ।

क्योंकि दुनिया में ऐसे भी लोग हैं जो नहीं खुद कुछ करना चाहते हैं और नहीं दुसरो को कुछ करने देना चाहते हैं । एक बात ध्यान रखें अगर आप कोई भी नया काम करते हैं तो पहले लोग ताना मारते ही है । ये मत करो वो मत करो तुम्हारे बस कि बात नहीं है , तुम नहीं कर सकते हो . मुझे यह पता नहीं चलता लोग इतना सुझाव क्यों देते हैं । हमें जो करना है

हम वहीं करेंगे । कई लोग हैं जो दुसरो के कहने पर वही करते हैं लेकिन मैं आपसे कह रहा हूं आप जो करना चाहे वो करे किसी के कहने पर खाई में मत कुदे । आपकी जिंदगी आपके ही हाथों में है लोगों के हाथों में नहीं है ।

मेरा बस एक ही सपना है की में नाम कमाकर अपने पिताजी का अधुरा सपना पूरा करूं ।

1

बालकाण्ड रामायण

बालकाण्ड

- रामायण कथा प्रारम्भ

कौशल प्रदेश, जिसकी स्थापना वैवस्वत मनु ने की थी, पवित्र सरयू नदी के तट पर स्थित है। सुन्दर एवं समृद्ध अयोध्या नगरी इस प्रदेश की राजधानी है। वैवस्वत मनु के वंश में अनेक शूरवीर, पराक्रमी, प्रतिभाशाली तथा यशस्वी राजा हुये जिनमें से राजा दशरथ भी एक थे। राजा दशरथ वेदों के मर्मज्ञ, धर्मप्राण, दयालु, रणकुशल, और प्रजापालक थे। उनके राज्य में प्रजा कष्टरहित, सत्यनिष्ठ एवं ईश्वरभक्त थी। उनके राज्य मे किसी का किसी के भी प्रति द्वेषभाव का सर्वथा अभाव था।

एक दिन दर्पण में अपने कृष्णवर्ण केशों के मध्य एक श्वेत रंग के केश को देखकर महाराज दशरथ विचार करने लगे कि अब मेरे यौवन के दिनों का अंत निकट है और अब तक मैं निःसंतान हूँ। मेरा वंश आगे कैसे बढ़ेगा तथा किसी उत्तराधिकारी के अभाव में राज्य का क्या होगा? इस प्रकार विचार करके उन्होंने पुत्र प्राप्ति हेतु पुत्रयेष्ठि यज्ञ करने का संकल्प किया। अपने कुलगुरु वशिष्ठ जी को बुलाकर उन्होंने अपना मन्तव्य बताया तथा यज्ञ के लिये उचित विधान बताने की प्रार्थना की।.

उनके विचारों को उचित तथा युक्तियुक्त जान कर गुरु वशिष्ठ जी बोले, "हे राजन्! पुत्रयेष्ठि यज्ञ करने से अवश्य ही आपकी मनोकामना पूर्ण होगी ऐसा मेरा विश्वास है। अतः आप शीघ्रातिशीघ्र अश्वमेध यज्ञ करने तथा इसके लिये एक सुन्दर श्यामकर्ण अश्व छोड़ने की व्यवस्था करें।" गुरु वशिष्ठ की मन्त्रणा के अनुसार शीघ्र ही महाराज दशरथ ने सरयू नदी के उत्तरी तट पर सुसज्जित एवं अत्यन्त मनोरम यज्ञशाला का निर्माण करवाया तथा मन्त्रियों और सेवकों को सारी व्यवस्था करने की आज्ञा दे कर महाराज दशरथ ने रनिवास में जा कर अपनी तीनों रानियों कौशल्या, कैकेयी और सुमित्रा को यह शुभ समाचार सुनाया।

महाराज के वचनों को सुन कर सभी रानियाँ प्रसन्न हो गईं।

- **राम, भरत, लक्ष्मण और शत्रुघ्न का जन्म**

मन्त्रीगणों तथा सेवकों ने महाराज की आज्ञानुसार श्यामकर्ण घोड़ा चतुरंगिनी सेना के साथ छुड़वा दिया। महाराज दशरथ ने देश देशान्तर के मनस्वी, तपस्वी, विद्वान ऋषि-मुनियों तथा वेदविज्ञ प्रकाण्ड पण्डितों को यज्ञ सम्पन्न कराने के लिये बुलावा भेज दिया। निश्चित समय आने पर समस्त अभ्यागतों के साथ महाराज दशरथ अपने गुरु वशिष्ठ जी तथा अपने परम मित्र अंग देश के अधिपति लोमपाद के जामाता ऋंग ऋषि को लेकर यज्ञ मण्डप में पधारे। इस प्रकार महान यज्ञ का विधिवत शुभारम्भ किया गया। सम्पूर्ण वातावरण वेदों की ऋचाओं के उच्च स्वर में पाठ से गूँजने तथा समिधा की सुगन्ध से महकने लगा।

समस्त पण्डितों, ब्राह्मणों, ऋषियों आदि को यथोचित धन-धान्य, गौ आदि भेंट कर के सादर विदा करने के साथ यज्ञ की समाप्ति हुई। राजा दशरथ ने यज्ञ के प्रसाद चरा को अपने महल में ले जाकर अपनी तीनों रानियों में वितरित कर दिया। प्रसाद ग्रहण करने के परिणामस्वरूप परमपिता परमात्मा की कृपा से तीनों रानियों ने गर्भधारण किया।

जब चैत्र मास के शुक्ल पक्ष की नवमी तिथि को पुनर्वसु नक्षत्र में सूर्य, मंगल शनि, वृहस्पति तथा शुक्र अपने-अपने उच्च स्थानों में विराजमान थे, कर्क लग्न का उदय होते ही महाराज दशरथ की बड़ी रानी कौशल्या के गर्भ से एक शिशु का जन्म हुआ जो कि श्यामवर्ण, अत्यन्त तेजोमय, परम कान्तिवान तथा अद्भुत सौन्दर्यशाली था। उस शिशु को देखने वाले ठगे से रह जाते थे। इसके पश्चात् शुभ नक्षत्रों और शुभ घड़ी में महारानी कैकेयी के एक तथा तीसरी रानी सुमित्रा के दो तेजस्वी पुत्रों का जन्म हुआ।

सम्पूर्ण राज्य में आनन्द मनाया जाने लगा। महाराज के चार पुत्रों के जन्म के उल्लास में गन्धर्व गान करने लगे और अप्सरायें नृत्य करने लगीं। देवता अपने विमानों में बैठ कर पुष्प वर्षा करने लगे। महाराज ने उन्मुक्त हस्त से राजद्वार पर आये हुये भाट, चारण तथा आशीर्वाद देने वाले ब्राह्मणों और याचकों को दान दक्षिणा दी। पुरस्कार में प्रजा-जनों को धन-धान्य तथा दरबारियों को रत्न, आभूषण तथा उपाधियाँ प्रदान किया गया। चारों पुत्रों का नामकरण संस्कार महर्षि वशिष्ठ के द्वारा कराया गया तथा उनके नाम रामचन्द्र, भरत, लक्ष्मण और शत्रुघ्न रखे गये।

आयु बढ़ने के साथ ही साथ रामचन्द्र गुणों में भी अपने भाइयों से आगे बढ़ने तथा प्रजा में अत्यंत लोकप्रिय होने लगे। उनमें अत्यन्त विलक्षण प्रतिभा थी जिसके परिणामस्वरू अल्प काल में ही वे समस्त विषयों में पारंगत हो गये। उन्हें सभी प्रकार के अस्त्र-शस्त्रों को चलाने तथा हाथी, घोड़े एवं सभी प्रकार के वाहनों की सवारी में उन्हें असाधारण निपुणता प्राप्त हो गई। वे निरन्तर माता-पिता और गुरुजनों की सेवा में लगे रहते थे। उनका अनुसरण शेष

तीन भाई भी करते थे। गुरुजनों के प्रति जितनी श्रद्धा भक्ति इन चारों भाइयों में थी उतना ही उनमें परस्पर प्रेम और सौहार्द भी था। महाराज दशरथ का हृदय अपने चारों पुत्रों को देख कर गर्व और आनन्द से भर उठता था।

- महर्षि विश्वामित्र का आगमन

अयोध्यापति महाराज दशरथ के दरबार में यथोचित आसन पर गुरु वशिष्ठ, मन्त्रीगण और दरबारीगण बैठे थे।

अयोध्यानरेश ने गुरु वशिष्ठ से कहा, "हे गुरुदेव! जीवन तो क्षणभंगुर है और मैं वृद्धावस्था की ओर अग्रसर होते जा रहा हूँ। राम, भरत, लक्ष्मण और शत्रुघ्न चारों ही राजकुमार अब वयस्क भी हो चुके हैं। मेरी इच्छा है कि इस शरीर को त्यागने के पहले राजकुमारों का विवाह देख लूँ। अतः आपसे निवेदन है कि इन राजकुमारों के लिये योग्य कन्याओं की खोज करवायें।" महाराज दशरथ की बात पूरी होते ही द्वारपाल ने ऋषि विश्वामित्र के आगमन की सूचना दी। स्वयं राजा दशरथ ने द्वार तक जाकर विश्वामित्र की अभ्यर्थना की और आदरपूर्वक उन्हें दरबार के अन्दर ले आये तथा गुरु वशिष्ठ के पास ही आसन देकर उनका यथोचित सत्कार किया। .

कुशलक्षेम पूछने के पश्चात् राजा दशरथ ने विनम्र वाणी में ऋषि विश्वामित्र से कहा, "हे मुनिश्रेष्ठ! आपके दर्शन से मैं कृतार्थ हुआ तथा आपके चरणों की पवित्र धूलि से यह राजदरबार और सम्पूर्ण अयोध्यापुरी धन्य हो गई। अब कृपा करके आप अपने आने का प्रयोजन बताइए। किसी भी प्रकार की आपकी सेवा करके मैं स्वयं को अत्यंत भाग्यशाली समझूँगा।"

राजा के विनयपूर्ण वचनों को सुनकर मुनि विश्वामित्र बोले, "हे राजन्! आपने अपने कुल की मर्यादा के अनुरूप ही वचन कहे हैं। इक्ष्वाकु वंश के राजाओं की श्रद्धा भक्ति गौ, ब्राह्मण और ऋषि-मुनियों के प्रति सदैव ही रही है। मैं आपके पास एक विशेष प्रयोजन से आया हूँ, समझिये कि कुछ माँगने के लिये आया हूँ। यदि आप मुझे वांछित वस्तु देने का वचन दें तो मैं अपनी माँग आपके सामने प्रस्तुत करूँ। आप के वचन न देने की दशा में मैं बिना कुछ माँगे ही वापस लौट जाऊँगा।"

महाराज दशरथ ने कहा, "हे ब्रह्मर्षि! आप निःसंकोच अपनी माँग रखें। सम्पूर्ण विश्व जानता है कि रघुकुल के राजाओं का वचन ही उनकी प्रतिज्ञा होती है। आप माँगें तो मैं अपना शीश काट कर भी आपके चरणों में रख सकता हूँ।" उनके इन वचनों से आश्वस्त ऋषि विश्वामित्र बोले, "राजन्! मैं अपने आश्रम में एक यज्ञ कर रहा हूँ। इस यज्ञ के पूर्णाहुति के समय मारीच और सुबाहु नाम के दो राक्षस आकर रक्त, माँस आदि अपवित्र वस्तुएँ यज्ञ वेदी में फेंक देते हैं। इस प्रकार यज्ञ पूर्ण नहीं हो पाता। ऐसा वे अनेक बार कर चुके हैं। मैं उन्हें अपने तेज से श्राप देकर नष्ट भी नहीं कर सकता क्योंकि यज्ञ करते समय क्रोध करना

वर्जित है। मैं जानता हूँ कि आप मर्यादा का पालन करने वाले, ऋषि मुनियों के हितैषी एवं प्रजावत्सल राजा हैं। मैं आपसे आपके ज्येष्ठ पुत्र राम को माँगने के लिये आया हूँ ताकि वह मेरे साथ जाकर राक्षसों से मेरे यज्ञ की रक्षा कर सके और मेरा यज्ञानुष्ठान निर्विघ्न पूरा हो सके। मुझे पता है कि राम आसानी के साथ उन दोनों का संहार कर सकते हैं। अतः केवल दस दिनों के लिये राम को मुझे दे दीजिये। कार्य पूर्ण होते ही मैं उन्हें सकुशल आप के पास वापस पहुँचा दूँगा।"

विश्वामित्र की बात सुनकर राजा दशरथ को अत्यन्त विषाद हुआ। ऐसा लगने लगा कि अभी वे मूर्छित हो जायेंगे। फिर स्वयं को संभाल कर उन्होंने कहा, "मुनिवर! राम अभी बालक है। राक्षसों का सामना करना उसके लिये सम्भव नहीं होगा। आपके यज्ञ की रक्षा करने के लिये मैं स्वयं ही जाने को तैयार हूँ।" विश्वामित्र बोले, "राजन्! आप तनिक भी सन्देह न करें कि राम उनका सामना नहीं कर सकते। मैंने अपने योगबल से उनकी शक्तियों का अनुमान लगा लिया है। आप निःशंक होकर राम को मेरे साथ भेज दीजिये।"

इस पर राजा दशरथ ने उत्तर दिया, "हे मुनिश्रेष्ठ! राम ने अभी तक किसी राक्षस के माया प्रपंचों को नहीं देखा है और उसे इस प्रकार के युद्ध का अनुभव भी नहीं है। जब से उसने जन्म लिया है, मैंने उसे अपनी आँखों के सामने से कभी ओझल भी होने नहीं दिया है। उसके वियोग से मेरे प्राण निकल जावेंगे। आपसे विनय है कि कृपा करके मुझे ससैन्य चलने की आज्ञा दें।"

पुत्रमोह से ग्रसित होकर राजा दशरथ को अपनी प्रतिज्ञा से विचलित होते देख ऋषि विश्वामित्र आवेश में आ गये। उन्होंने कहा, "राजन्! मैं नहीं जानता था कि रघुकुल में अब प्रतिज्ञा पालन करने की परम्परा समाप्त हो गई है। यदि जानता होता तो मैं कदापि नहीं आता। लो मैं अब चला जाता हूँ।" बात समाप्त होते होते उनका मुख क्रोध से लाल हो गया।

विश्वामित्र को इस प्रकार क्रुद्ध होते देख कर दरबारी एवं मन्त्रीगण भयभीत हो गये और किसी प्रकार के अनिष्ट की कल्पना से वे काँप उठे। गुरु वशिष्ठ ने राजा को समझाया, "हे राजन्! पुत्र के मोह में ग्रसित होकर रघुकुल की मर्यादा, प्रतिज्ञा पालन और सत्यनिष्ठा को कलंकित मत कीजिये। मैं आपको परामर्श देता हूँ कि आप राम के बालक होने की बात को भूल कर एवं निःशंक होकर राम को मुनिराज के साथ भेज दीजिये। महामुनि अत्यन्त विद्वान, नीतिनिपुण और अस्त्र-शस्त्र के ज्ञाता हैं। मुनिवर के साथ जाने से राम का किसी प्रकार से भी अहित नहीं हो सकता उल्टे वे इनके साथ रह कर शस्त्र और शास्त्र विद्याओं में अत्यधिक निपुण हो जायेंगे तथा उनका कल्याण ही होगा।"

गुरु वशिष्ठ के वचनों से आश्वस्त होकर राजा दशरथ ने राम को बुला भेजा। राम के साथ साथ लक्ष्मण भी वहाँ चले आये। राजा दशरथ ने राम को ऋषि विश्वामित्र के साथ जाने की आज्ञा दी। पिता की आज्ञा शिरोधार्य करके राम के मुनिवर के साथ जाने के लिये तैयार हो जाने पर लक्ष्मण ने भी ऋषि विश्वामित्र से साथ चलने के लिये प्रार्थना की और अपने पिता से भी राम के साथ जाने के लिये अनुमति माँगी। अनुमति मिल जाने पर राम और लक्ष्मण

सभी गुरुजनों से आशीर्वाद ले कर ऋषि विश्वामित्र के साथ चल पड़े।

समस्त अयोध्यावासियों ने देखा कि मन्द धीर गति से जाते हुये मुनिश्रेष्ठ विश्वामित्र के पीछे पीछे कंधों पर धनुष और तरकस में बाण रखे दोनों भाई राम और लक्ष्मण ऐसे लग रहे थे मानों ब्रह्मा जी के पीछे दोनों अश्विनी कुमार चले जा रहें हों। अद्‌भुत् कांति से युक्त दोनों भाई गोह की त्वचा से बने दस्ताने पहने हुये थे, हाथों में धनुष और कटि में तीक्ष्ण धार वाली कृपाणें शोभायमान हो रहीं थीं। ऐसा प्रतीत होता था मानो स्वयं शौर्य ही शरीर धारण करके चले जा रहे हों।

लता विटपों के मध्य से होते हुये छः कोस लम्बा मार्ग पार करके वे पवित्र सरयू नदी के तट पर पहुँचे। मुनि विश्वामित्र ने स्नेहयुक्त मधुर वाणी में कहा, "हे वत्स! अब तुम लोग सरयू के पवित्र जल से आचमन स्नानादि करके अपनी थकान दूर कर लो, फिर मैं तुम्हें प्रशिक्षण दूँगा। सर्वप्रथम मैं तुम्हें बला और अतिबला नामक विद्‌याएँ सिखाऊँगा।" इन विद्‌याओं के विषय में राम के द्‌वारा जिज्ञासा प्रकट करने पर ऋषि विश्वामित्र ने बताया, "ये दोनों ही विद्‌याएँ असाधारण हैं। इन विद्‌याओं में पारंगत व्यक्तियों की गिनती संसार के श्रेष्ठ पुरुषों में होती है। विद्‌वानों ने इन्हें समस्त विद्‌याओं की जननी बताया है। इन विद्‌याओं को प्राप्त करके तुम भूख और प्यास पर विजय पा जाओगे। इन तेजोमय विद्‌याओं की सृष्टि स्वयं ब्रह्मा जी ने की है। इन विद्‌याओं को पाने का अधिकारी समझ कर मैं तुम्हें इन्हें प्रदान कर रहा हूँ।"

राम और लक्ष्मण के स्नानादि से निवृत होने के पश्चात् विश्वामित्र जी ने उन्हें इन विद्‌याओं की दीक्षा दी। इन विद्‌याओं के प्राप्त हो जाने पर उनके मुख मण्डल पर अद्‌भुत् कान्ति आ गई। तीनों ने सरयू तट पर ही विश्राम किया। गुरु की सेवा करने के पश्चात् दोनों भाई तृण शैयाओं पर सो गये।

- कामदेव का आश्रम

दूसरे दिन ब्राह्म-मुहूर्त में निद्रा त्याग कर मुनि विश्वामित्र तृण शैयाओं पर विश्राम करते हुये राम और लक्ष्मण के पास जा कर बोले, "हे राम और लक्ष्मण! जागो। रात्रि समाप्त हो गई है। कुछ ही काल में प्राची में भगवान भुवन-भास्कर उदित होने वाले हैं। जिस प्रकार वे अन्धकार का नाश कर समस्त दिशाओं में प्रकाश फैलाते हैं उसी प्रकार तुम्हें भी अपने पराक्रम से राक्षसों का विनाश करना है। नित्य कर्म से निवृत होओ, सन्ध्या-उपासना करो। अग्निहोत्रादि से देवताओं को प्रसन्न करो। आलस्य को त्यागो और शीघ्र उठ जाओ क्योंकि अब सोने का समय नहीं है।"

गुरु की आज्ञा प्राप्त होते ही दोनों भाइयों ने शैया त्याग दिया और नित्यकर्म एवं स्नान-ध्यान आदि से निवृत होकर मुनिवर के साथ गंगा तट की ओर चल दिये। वे गंगा और सरयू के संगम, जहाँ पर ऋषि-मुनियों तथा तपस्वियों के शान्त व सुन्दर आश्रम बने हुये थे, पर

पहुँचे। एक अत्यधिक सुन्दर आश्रम को देखकर रामचन्द्र ने गुरु विश्वामित्र से पूछा, "हे गुरुवर! यह परम रमणीक आश्रम किन महर्षि का निवास स्थान हैं?"

राम के प्रश्न के उत्तर में ऋषि विश्वामित्र ने बताया, " हे राम! यह एक विशेष आश्रम है। पूर्व काल में कैलाशपति महादेव ने यहाँ घोर तपस्या की थी। सम्पूर्ण विश्व उनकी तपस्या को देखकर विचलित हो उठा था। उनकी तपस्या से देवराज इन्द्र भयभीत हो गए और उन्होंने शंकर जी के तप को भंग करने का निश्चय किया। इस कार्य के लिये उन्होंने कामदेव को नियुक्त कर दिया। भगवान शिव पर कामदेव ने एक के बाद एक कई बाण छोड़े जिससे उनकी तपस्या में बाधा पड़ी। क्रुद्ध होकर महादेव ने अपना तीसरा नेत्र खोल दिया। उस तीसरे नेत्र की तेजोमयी ज्वाला से जल कर कामदेव भस्म हो गए। देवता होने के कारण कामदेव की मृत्यु नहीं हुई केवल शरीर ही नष्ट हुआ। इस प्रकार अंग नष्ट हो जाने के कारण उसका नाम 'अनंग' हो गया और इस स्थान का नाम अंगदेश पड़ गया। यह भगवान शिव का आश्रम है किन्तु भगवान शिव के द्वारा यहाँ पर कामदेव को भस्म कर देने के कारण इसे कामदेव का आश्रम भी कहते हैं।"

गुरु विश्वामित्र की आदेशानुसार सभी ने वहीं रात्रि विश्राम करने का निश्चय किया। राम और लक्ष्मण दोनों भाइयों ने वन से कंद-मूल-फल लाकर मुनिवर को समर्पित किये और गुरु के साथ दोनों भाइयों ने प्रसाद ग्रहण किया। तत्पश्चात् स्नान, सन्ध्या-उपासना आदि से निवृत होकर राम और लक्ष्मण गुरु विश्वामित्र से अनेक प्रकार की कथाएँ तथा धार्मिक प्रवचन सुनते रहे। अन्त में गुरु की यथोचित सेवा करने के पश्चात् आज्ञा पाकर वे परम पवित्र गायत्री मन्त्र का जाप करते हुये तृण शैयाओं पर जा विश्राम करने लगे।

- ताड़का वध

प्रातःकाल स्नान, सन्ध्योपासनादि कार्यों से निवृत होकर राम और लक्ष्मण गुरु विश्वामित्र के साथ सरिता तट पर पहुँचे। एक वनवासी मुनि ने विश्वामित्र के साथ दो सुकुमार बालकों को देखा तथा उनका परिचय प्राप्त कर वे एक छोटी सी सुन्दर नौका ले आये और विश्वामित्र से बोले, "हे मुनिराज! आप इन राजकुमारों के साथ इस नौका पर बैठ कर सरिता पार कर लीजिए।" विश्वामित्र जी ने उस मुनि को धन्यवाद दिया और राम तथा लक्ष्मण के साथ नौका पर सवार हो गए। इस प्रकार वे, सागर से मिलन की आतुरता में कलकलनाद के साथ दौड़ती जा रही, उस नदी को पार कर गये। नदी के उस पार एक भयानक वन था। उस वन को देखकर राम बोले, "गुरुदेव! यह वन तो बड़ा भयंकर है। सभी ओर से सिंह, व्याघ्र आदि हिंसक पशुओं के दहाड़ने और हाथियों के चिंघाड़ने की ध्वनि आ रही हैं। जंगली सूअर, भालू, वनभैंसें आदि वन्य प्राणी भ्रमण करते दृष्टिगत हो रहे हैं। वृक्षों की सघनता के कारण सूर्य का प्रकाश इस वन के भीतर घुसने का साहस नहीं कर पा रहा है और इसी कारणवश चारों

ओर अन्धकार हो रहा है। इस अति दुर्गम वन का क्या नाम है?"

राम के इस प्रश्न का उत्तर विश्वामित्र ने इस प्रकार दिया, "हे राघव! पूर्व काल में इस स्थान में वन न होकर मलदा और करुप नाम के दो बड़े समृद्ध राज्य हुआ करते थे। दोनों ही राज्य ऊँची-ऊँची अट्टालिकाओं, वीथिकाओं तथा सुन्दर पथों से सुशोभित थे तथा धन-धान्य और समृद्धि से परिपूर्ण थे। दूर-दूर के व्यापारी यहाँ पर व्यापार करने आया करते थे। किन्तु ताड़का नामक एक यक्ष कन्या ने उन दोनों राज्यों का विनाश कर दिया।"

ऋषि विश्वामित्र ने आगे बताया, "ताड़का कोई साधारण स्त्री न होकर सुन्द नाम के राक्षस की पत्नी और मारीच नामक राक्षस की माता है। उसके शरीर में हजार हाथियों के बराबर बल है और वह अत्यन्त पराक्रमी और शक्तिशाली है,। इस प्रदेश को नष्ट करने के पश्चात् ताड़का ने अपने पुत्र मारीच के साथ मिलकर यहाँ के समस्त निवासियों को मार कर खा डाला। अब उनके भय से यहाँ दो दो कोस दूर तक किसी मनुष्य की परछाईं भी दिखाई नहीं देती। भूलवश यदि कोई यहाँ आ भी जाये तो जीवित नहीं लौट पाता। उसी ताड़का का संहार करने के लिये ही मैं तुम्हें यहाँ लाया हूँ।"

राम ने आश्चर्य से पूछा, "गुरुदेव! स्त्रियाँ तो कोमल और दुर्बल होती हैं, फिर ताड़का में हजार हाथियों का बल कैसे आ गया? ऐसा प्रतीत होता है कि अवश्य कुछ न कुछ रहस्य है।"

विश्वामित्र बोले, "वत्स! तुम्हारा कथन सत्य है और वास्तव में इसके पीछे एक रहस्य है। सुकेतु नाम का एक अत्यंत बलवान यक्ष था। वह सन्तानहीन था। अतः सन्तान प्राप्ति के उद्देश्य से उसने ब्रह्मा जी की कठोर तपस्या की। उसकी तपस्या से प्रसन्न होकर ब्रह्मा जी ने उसे सन्तान होने का वरदान दे दिया परिणामस्वरूप ताड़का का जन्म हुआ। सुकेतु के द्वारा ताड़का के अत्यंत बली होने का वर माँगने पर ब्रह्मा जी ने उसके शरीर में हजार हाथियों का बल दे दिया। विवाह योग्य आयु होने पर सुकेतु ने ताड़का का विवाह सुन्द नामक राक्षस से कर दिया और उससे मारीच का जन्म हुआ। मारीच भी अपनी माता के समान बलवान और पराक्रमी था। वह सुन्द राक्षस का पुत्र होकर भी स्वयं राक्षस नहीं था किन्तु बाल्यकाल में वह बहुत उपद्रवी था। ऋषि मुनियों को अकारण कष्ट दिया करता था। उसके उपद्रवों से त्रस्त होकर एक दिन अगस्त्य मुनि ने उसे राक्षस हो जाने का शाप दे दिया। अपने पुत्र के राक्षस गति प्राप्त हो जाने से सुन्द अत्यन्त क्रोधित हो गया और अगस्त्य ऋषि को मारने दौड़ा। इस पर अगस्त्य ऋषि ने शाप देकर सुन्द को तत्काल भस्म कर दिया। अपने पति की मृत्यु का बदला लेने के लिये ताड़का भी अगस्त्य ऋषि पर झपटी। इस पर अगस्त्य ऋषि ने शाप दे कर ताड़का के सौन्दर्य को नष्ट कर दिया और वह अत्यंत कुरूप हो गई। अपनी कुरूपता को देखकर और अपने पति की मृत्यु का बदला लेने के लिये ताड़का ने अगस्त्य मुनि के आश्रम को नष्ट करने का संकल्प किया है। अतः हे राम! मैं तुम्हें आज्ञा देता हूँ कि तुम ताड़का का वध करो। तुम्हारे अतिरिक्त इसका वध कोई भी नहीं कर सकता। अपने मन से यह विचार निकाल दो कि यह स्त्री है और स्त्री का वध मैं कैसे करूँ। स्त्री के रूप में यह एक घोर पाप है और पाप को नष्ट करने में कोई पाप नहीं होता। समस्त संशय को

त्याग कर मेरी आज्ञा से तुम इस पापिनी का संहार कर दो।"

राम ने कहा, "गुरुदेव! आपकी आज्ञा मुझे शिरोधार्य है। समस्त मानवों के कल्याण के लिये मैं अवश्य ही ताड़का का वध करूँगा।" इतना कह कर राम ने अपने धनुष पर बाण रख कर उसकी प्रत्यंचा को कान तक खींच कर भयंकर टंकार किया। टंकार से उत्पन्न ध्वनि से समस्त वन प्रान्त गुंजायमान हो उठा। वन्य प्राणी भयभीत होकर इधर उधर भागने लगे। इस प्रकार की अप्रत्याशित खलबली मची देखकर ताड़का क्रोध से भर उठी। धनुष ताने राम को देखते ही इस विचार से कि कोई अपरिचित कुमार उसके साम्राज्य पर आधिपत्य करना चाहता है वह क्रोध से पागल हो गई। राम पर आक्रमण करने के लिये वह तीव्र गति से उन पर झपटी। ताड़का को अपनी ओर आते देख कर राम ने लक्ष्मण से कहा, "हे सौमित्र! ताड़ के वृक्ष जैसी विशाल और विकराल मुख वाली इस राक्षसी का शरीर कितना कुरूप है। इसकी मुख मुद्रा देख कर ही प्रतीत होता है कि यह बड़ी हिंसक है और निरीह प्राणियों की हत्या करके उनका रक्तपान करने में इसे बहुत आनन्द आता होगा। तुम एक तरफ सावधान होकर खड़े हो जाओ और देखो कि कैसे इसे मैं अभी यमलोक भेजता हूँ।"

विकराल देहधारिणी ताड़का अपने बड़े बड़े दाँत चमकाती, भुजाओं को फैलाये हुये द्रुतगामी बिजली की तरह राम और लक्ष्मण पर अत्यन्त तीव्रता के साथ झपटी। राम इस भयंकर आक्रमण के लिये पहले से ही तत्पर थे, उन्होंने तीक्ष्ण बाण चला कर उसके हृदय को छलनी कर दिया। उसके वक्षस्थल से गर्म-गर्म रक्त की धारा प्रवाहित हो उठी। वह आक्रमण करने के लिये पुनः टूट पड़े इससे पूर्व ही राम ने एक और बाण चला दिया जो सीधे उसके वक्ष में जाकर लगा। वह पीड़ा से चीखती हुई चक्कर खाकर भूमि पर गिर पड़ी और अगले ही क्षण उसके प्राण पखेरू उड़ गये। राम के इस रण कौशल और ताड़का की मृत्यु से ऋषि विश्वामित्र अत्यंत प्रसन्न हुये। उनके मुख से रामचन्द्र के लिये आशीर्वचन निकलने लगे।

गुरु की आज्ञा से वहीं पर सभी ने रात्रि व्यतीत किया। प्रातःकाल उन्होंने देखा कि ताड़का के आतंक से मुक्ति पा जाने के कारण उस वन की भयंकरता और विकरालता समाप्त हो चुकी है। कुछ समय तक उस वन की शोभा निहारने के उपरान्त स्नान-पूजन से निवृत हो कर वे महर्षि विश्वामित्र के आश्रम की ओर चल पड़े।तःकाल स्नान, सन्ध्योपासनादि कार्यों से निवृत होकर राम और लक्ष्मण गुरु विश्वामित्र के साथ सरिता तट पर पहुँचे। एक वनवासी मुनि ने विश्वामित्र के साथ दो सुकुमार बालकों को देखा तथा उनका परिचय प्राप्त कर वे एक छोटी सी सुन्दर नौका ले आये और विश्वामित्र से बोले, "हे मुनिराज! आप इन राजकुमारों के साथ इस नौका पर बैठ कर सरिता पार कर लीजिए।" विश्वामित्र जी ने उस मुनि को धन्यवाद दिया और राम तथा लक्ष्मण के साथ नौका पर सवार हो गए। इस प्रकार वे, सागर से मिलन की आतुरता में कलकलनाद के साथ दौड़ती जा रही, उस नदी को पार कर गये। नदी के उस पार एक भयानक वन था। उस वन को देखकर राम बोले, "गुरुदेव! यह वन तो बड़ा भयंकर है। सभी ओर से सिंह, व्याघ्र आदि हिंसक पशुओं के दहाड़ने और हाथियों के चिंघाड़ने की ध्वनि आ रही हैं। जंगली सूअर, भालू, वनभैंसें आदि वन्य प्राणी भ्रमण करते

दृष्टिगत हो रहे हैं। वृक्षों की सघनता के कारण सूर्य का प्रकाश इस वन के भीतर घुसने का साहस नहीं कर पा रहा है और इसी कारणवश चारों ओर अन्धकार हो रहा है। इस अति दुर्गम वन का क्या नाम है?"

राम के इस प्रश्न का उत्तर विश्वामित्र ने इस प्रकार दिया, "हे राघव! पूर्व काल में इस स्थान में वन न होकर मलदा और करुप नाम के दो बड़े समृद्ध राज्य हुआ करते थे। दोनों ही राज्य ऊँची-ऊँची अट्टालिकाओं, वीथिकाओं तथा सुन्दर पथों से सुशोभित थे तथा धन-धान्य और समृद्धि से परिपूर्ण थे। दूर-दूर के व्यापारी यहाँ पर व्यापार करने आया करते थे। किन्तु ताड़का नामक एक यक्ष कन्या ने उन दोनों राज्यों का विनाश कर दिया।"

ऋषि विश्वामित्र ने आगे बताया, "ताड़का कोई साधारण स्त्री न होकर सुन्द नाम के राक्षस की पत्नी और मारीच नामक राक्षस की माता है। उसके शरीर में हजार हाथियों के बराबर बल है और वह अत्यन्त पराक्रमी और शक्तिशाली है,। इस प्रदेश को नष्ट करने के पश्चात् ताड़का ने अपने पुत्र मारीच के साथ मिलकर यहाँ के समस्त निवासियों को मार कर खा डाला। अब उनके भय से यहाँ दो दो कोस दूर तक किसी मनुष्य की परछाईं भी दिखाई नहीं देती। भूलवश यदि कोई यहाँ आ भी जाये तो जीवित नहीं लौट पाता। उसी ताड़का का संहार करने के लिये ही मैं तुम्हें यहाँ लाया हूँ।"

राम ने आश्चर्य से पूछा, "गुरुदेव! स्त्रियाँ तो कोमल और दुर्बल होती हैं, फिर ताड़का में हजार हाथियों का बल कैसे आ गया? ऐसा प्रतीत होता है कि अवश्य कुछ न कुछ रहस्य है।"

विश्वामित्र बोले, "वत्स! तुम्हारा कथन सत्य है और वास्तव में इसके पीछे एक रहस्य है। सुकेतु नाम का एक अत्यंत बलवान यक्ष था। वह सन्तानहीन था। अतः सन्तान प्राप्ति के उद्देश्य से उसने ब्रह्मा जी की कठोर तपस्या की। उसकी तपस्या से प्रसन्न होकर ब्रह्मा जी ने उसे सन्तान होने का वरदान दे दिया परिणामस्वरूप ताड़का का जन्म हुआ। सुकेतु के द्वारा ताड़का के अत्यंत बली होने का वर माँगने पर ब्रह्मा जी ने उसके शरीर में हजार हाथियों का बल दे दिया। विवाह योग्य आयु होने पर सुकेतु ने ताड़का का विवाह सुन्द नामक राक्षस से कर दिया और उससे मारीच का जन्म हुआ। मारीच भी अपनी माता के समान बलवान और पराक्रमी था। वह सुन्द राक्षस का पुत्र होकर भी स्वयं राक्षस नहीं था किन्तु बाल्यकाल में वह बहुत उपद्रवी था। ऋषि मुनियों को अकारण कष्ट दिया करता था। उसके उपद्रवों से त्रस्त होकर एक दिन अगस्त्य मुनि ने उसे राक्षस हो जाने का शाप दे दिया। अपने पुत्र के राक्षस गति प्राप्त हो जाने से सुन्द अत्यन्त क्रोधित हो गया और अगस्त्य ऋषि को मारने दौड़ा। इस पर अगस्त्य ऋषि ने शाप देकर सुन्द को तत्काल भस्म कर दिया। अपने पति की मृत्यु का बदला लेने के लिये ताड़का भी अगस्त्य ऋषि पर झपटी। इस पर अगस्त्य ऋषि ने शाप दे कर ताड़का के सौन्दर्य को नष्ट कर दिया और वह अत्यंत कुरूप हो गई। अपनी कुरूपता को देखकर और अपने पति की मृत्यु का बदला लेने के लिये ताड़का ने अगस्त्य मुनि के आश्रम को नष्ट करने का संकल्प किया है। अतः हे राम! मैं तुम्हें आज्ञा देता हूँ कि तुम ताड़का का वध करो। तुम्हारे अतिरिक्त इसका वध कोई भी नहीं कर सकता।

अपने मन से यह विचार निकाल दो कि यह स्त्री है और स्त्री का वध मैं कैसे करूँ। स्त्री के रूप में यह एक घोर पाप है और पाप को नष्ट करने में कोई पाप नहीं होता। समस्त संशय को त्याग कर मेरी आज्ञा से तुम इस पापिनी का संहार कर दो।"

राम ने कहा, "गुरुदेव! आपकी आज्ञा मुझे शिरोधार्य है। समस्त मानवों के कल्याण के लिये मैं अवश्य ही ताड़का का वध करूँगा।" इतना कह कर राम ने अपने धनुष पर बाण रख कर उसकी प्रत्यंचा को कान तक खींच कर भयंकर टंकार किया। टंकार से उत्पन्न ध्वनि से समस्त वन प्रान्त गुंजायमान हो उठा। वन्य प्राणी भयभीत होकर इधर उधर भागने लगे। इस प्रकार की अप्रत्याशित खलबली मची देखकर ताड़का क्रोध से भर उठी। धनुष ताने राम को देखते ही इस विचार से कि कोई अपरिचित कुमार उसके साम्राज्य पर आधिपत्य करना चाहता है वह क्रोध से पागल हो गई। राम पर आक्रमण करने के लिये वह तीव्र गति से उन पर झपटी। ताड़का को अपनी ओर आते देख कर राम ने लक्ष्मण से कहा, "हे सौमित्र! ताड़ के वृक्ष जैसी विशाल और विकराल मुख वाली इस राक्षसी का शरीर कितना कुरूप है। इसकी मुख मुद्रा देख कर ही प्रतीत होता है कि यह बड़ी हिंसक है और निरीह प्राणियों की हत्या करके उनका रक्तपान करने में इसे बहुत आनन्द आता होगा। तुम एक तरफ सावधान होकर खड़े हो जाओ और देखो कि कैसे इसे मैं अभी यमलोक भेजता हूँ।"

विकराल देहधारिणी ताड़का अपने बड़े बड़े दाँत चमकाती, भुजाओं को फैलाये हुये द्रुतगामी बिजली की तरह राम और लक्ष्मण पर अत्यन्त तीव्रता के साथ झपटी। राम इस भयंकर आक्रमण के लिये पहले से ही तत्पर थे, उन्होंने तीक्ष्ण बाण चला कर उसके हृदय को छलनी कर दिया। उसके वक्षस्थल से गर्म-गर्म रक्त की धारा प्रवाहित हो उठी। वह आक्रमण करने के लिये पुनः टूट पड़े इससे पूर्व ही राम ने एक और बाण चला दिया जो सीधे उसके वक्ष में जाकर लगा। वह पीड़ा से चीखती हुई चक्कर खाकर भूमि पर गिर पड़ी और अगले ही क्षण उसके प्राण पखेरू उड़ गये। राम के इस रण कौशल और ताड़का की मृत्यु से ऋषि विश्वामित्र अत्यंत प्रसन्न हुये। उनके मुख से रामचन्द्र के लिये आशीर्वचन निकलने लगे।

गुरु की आज्ञा से वहीं पर सभी ने रात्रि व्यतीत किया। प्रातःकाल उन्होंने देखा कि ताड़का के आतंक से मुक्ति पा जाने के कारण उस वन की भयंकरता और विकरालता समाप्त हो चुकी है। कुछ समय तक उस वन की शोभा निहारने के उपरान्त स्नान-पूजन से निवृत हो कर वे महर्षि विश्वामित्र के आश्रम की ओर चल पड़े।

- **विश्वामित्र द्वारा राम को अलभ्य अस्त्रों का दान**

मार्ग में एक सुरम्य सरोवर दृष्टिगत हुआ। सरोवर के तट पर रुक कर विश्वामित्र कहा, "हे राम! ताड़का का वध करके तुमने बहुत बड़ा मानव कल्याण का कार्य किया है। मैं तुम्हारे इस कार्य, पराक्रम एवं चातुर्य से अत्यधिक प्रसन्न हूँ। मैं तुन्हें आज तुम्हें कुछ ऐसे दुर्लभ

अस्त्र प्रदान करता हूँ जिनकी सहायता से तुम दुर्दमनीय देवताओं, राक्षसों, यक्षों, नागादिकों को भी परास्त कर सकोगे। ये दण्डचक्र, धर्मचक्र, कालचक्र और इन्द्रचक्र नामक अस्त्र हैं। इन्हें तुम धारण करो। इनके धारण करने के पश्चात् तुम किसी भी शत्रु को परास्त करने का सामर्थ्य प्राप्त कर लोगे। इनके अतिरिक्त मैं तुम्हें विद्युत निर्मित वज्रास्त्र, शिव जी का शूल, ब्रह्मशिर, एषीक और समस्त अस्त्रों से अधिक शक्तिशाली ब्रह्मास्त्र देता हूँ। इन्हें पा कर तुम तीनों लोकों में सर्वाधिक शक्ति सम्पन्न हो जाओगे। मैं तुम्हारी वीरता से इतना अधिक प्रसन्न हूँ कि तुम्हें प्रचण्ड मोदकी व शिखर नाम की गदाएँ प्रदान करते हुये मुझे अत्यंत हर्ष हो रहा है। मैं तुम्हें सूखी और गीली दोनों ही प्रकार की अशनी व पिनाक के साथ ही साथ नारायणास्त्र, आग्नेयास्त्र, वायव्यास्त्र, हयशिरास्त्र एवं क्रौंच अस्त्र भी तुम्हें प्रदान करता हूँ। अस्त्रों के अतिरिक्त मैं तुम्हें कुछ पाश भी देता हूँ जिनमें धर्मपाश, कालपाश एवं वरुणपाश मुख्य हैं। इनके पाशों के द्वारा तुम अत्यन्त फुर्तीले शत्रु को भी बाँध कर निष्क्रिय बनाने में समर्थ हो जाओगे। राम! कुछ अस्त्र ऐसे हैं जिनका प्रयोग असुर लोग करते हैं। नीति कहती है कि शत्रुओं को उनके ही शस्त्रास्त्रों से मारना चाहिये। इसलिये मैं तुम्हें असुरों के द्वारा प्रयोग किये जाने वाले कंकाल, मूसल, घोर कपाल और किंकणी नामक अस्त्र भी देता हूँ। कुछ अस्त्र का प्रयोग विद्याधर करते हैं। उनमें प्रधान अस्त्र हैं खड्ग, मोहन, प्रस्वापन, प्रशमन, सौम्य, वर्षण, सन्तापन, विलापन, मादनास्त्र, गन्धर्वास्त्र, मानवास्त्र, पैशाचास्त्र, तामस और अद्वितीय सौमनास्त्र; इन सभी अस्त्रों को भी मैं तुम्हें देता हूँ। ये मौसलास्त्र, सत्यास्त्र, असुरों का मायामय अस्त्र और भगवान सूर्य का प्रभास्त्र, हैं जिन्हें दिखाने मात्र से शत्रु निस्तेज होकर नष्ट हो जाते हैं। इन्हें भी तुम ग्रहण करो। अब इन अस्त्रों को देखो, ये कुछ विशेष प्रकार के अस्त्र हैं। ये सोम देवता द्वारा प्रयोग किये जाने वाले शिशर एवं दारुण नाम के अस्त्र हैं। शिशर के प्रयोग से शत्रु शीत से अकड़ कर और दारुण के प्रयोग से शत्रु गर्मी से व्याकुल होकर मूर्छित हो जाते हैं। हे वीरश्रेष्ठ! तुम इन अनुपम शक्ति वाले, शत्रुओं का मान मर्दन करने वाले और समस्त मनोकामनाओं को पूर्ण कराने वाले अस्त्रों को धारण करो।"

इतना कह कर महामुनि ने सम्पूर्ण अस्त्रों को, जो देवताओं को भी दुर्लभ हैं, बड़े स्नेह के साथ राम को प्रदान कर दिया। उन अस्त्रों को पाकर राम अत्यन्त प्रसन्न हुये और उन्होंने श्रद्धा के साथ गुरु को चरणों में प्रणाम किया और कहा, "गुरुदेव! आपकी इस कृपा से मैं कृतार्थ हो गया हूँ। अब देवता, दैत्य, राक्षस, यक्ष आदि कोई भी मुझे परास्त नहीं कर सकता, मनुष्य की तो खैर बात ही क्या है। किन्तु मुनिवर! इसी प्रकार के अस्त्र गन्धर्वों, देवताओं, राक्षसों आदि के पास भी होंगे और उनका प्रयोग वे मुझ पर भी कर सकते हैं। कृपा करके उनसे बचने के उपाय भी मुझे बताइये। इसके अतिरिक्त ऐसा भी उपाय बताइये जिससे इन अस्त्रों को छोड़ने के पश्चात् अपना कार्य कर के ये अस्त्र पुनः मेरे पास वापस आ जावें।" राम के इस प्रकार कहने पर विश्वामित्र बोले, "राघव! शत्रुओं के अस्त्रों को मार्ग में ही काट कर नष्ट करने वाले इन सत्यवान, सत्यकीर्ति, प्रतिहार, पराड़मुख, अवान्मुख, लक्ष्य, उपलक्ष्य

आदि इन अस्त्रों को भी तु ग्रहण करो।" इन अस्त्रों को देने के बाद गुरु विश्वामित्र ने राम को वे विधियाँ भी बताईं जिनके द्वारा प्रयोग किये हुये अस्त्र वापस आ जाते हैं।

चलते चलते वे वन के अन्धकार से निकल कर ऐसे स्थान पर पहुँचे जो भगवान भास्कर के दिव्य प्रकाश से आलोकित हो रहा था और सामने नाना प्रकार के सुन्दर वृक्ष, मनोरम उपत्यका एवं मनोमुग्धकारी दृश्य दिखाई दे रहे थे। रामचन्द्र ने विश्वामित्र से पूछा, "हे मुनिराज! सामने पर्वत की सुन्दर उपत्यकाओं में हरे हरे वृक्षों की जो लुभावनी पंक्तियां दृष्टिगत हो रही हैं, उनके पीछे ऐसा प्रतीत होता है कि जैसे कोई आश्रम है। क्या वास्तव में ऐसा है या यह मेरी कल्पना मात्र है? वहाँ सुन्दर सुन्दर मधुरभाषी पक्षियों के झुण्ड भी दिखाई दे रहे हैं, जिससे प्रतीत होता है कि मेरी कल्पना निराधार नहीं है।"

- विश्वामित्र का आश्रम

चलते-चलते वे वन के अन्धकार से निकल कर ऐसे स्थान पर पहुँचे जो भगवान भास्कर के दिव्य प्रकाश से आलोकित हो रहा था और सामने नाना प्रकार के सुन्दर वृक्ष, मनोरम उपत्यका एवं मनोमुग्धकारी दृश्य दिखाई दे रहे थे। रामचन्द्र ने विश्वामित्र से पूछा, "हे मुनिराज! सामने पर्वत की सुन्दर उपत्यकाओं में हरे हरे वृक्षों की जो लुभावनी पंक्तियां दृष्टिगत हो रही हैं, उनके पीछे ऐसा प्रतीत होता है कि जैसे कोई आश्रम है। क्या वास्तव में ऐसा है या यह मेरी कल्पना मात्र है? वहाँ सुन्दर-सुन्दर मधुरभाषी पक्षियों के झुण्ड भी दिखाई दे रहे हैं, जिससे प्रतीत होता है कि मेरी कल्पना निराधार नहीं है।"

विश्वामित्र जी ने कहा, "हे वत्स! यह वास्तव में आश्रम ही है और इसका नाम सिद्धाश्रम है।"

यह सुन कर लक्ष्मण ने पूछा, "गुरुदेव! इसका नाम सिद्धाश्रम क्यों पड़ा?"

विश्वामित्र जी ने कहा, "इस सम्बन्ध में भी एक कथा प्रचलित है। प्राचीन काल में बलि नाम का एक राक्षस था। बलि बहुत पराक्रमी और बलशाली था और समस्त देवताओं को पराजित कर चुका था। एक बार उसी बलि ने यहाँ पर एक महान यज्ञ का अनुष्ठान किया था। इस यज्ञानुष्ठान से उसकी शक्ति में और भी वृद्धि हो जाने वाली थी। इस बात को विचार कर के देवराज इन्द्र अत्यंत भयभीत हो गया। इन्द्र समस्त देवताओं को साथ लेकर भगवान विष्णु के पास पहुँचा और उनकी स्तुति करने के पश्चात् उनसे प्रार्थना की, "हे त्रिलोकीनाथ! राजा बलि ने समस्त देवताओं को परास्त कर दिया है और अब वह एक विराट यज्ञ कर रहा है। वह महादानी और उदार हृदय राक्षस है। उसके द्वार से कोई भी याचक खाली हाथ नहीं लौटता। उसकी तपस्या, तेजस्विता और यज्ञादि शुभ कर्मों से देवलोक सहित सम्पूर्ण ब्रह्माण्ड काँप उठा है। यदि उसका यह यज्ञ पूर्ण हो जायेगा तो वह इन्द्रासन को प्राप्त कर लेगा। इन्द्रासन पर किसी राक्षस का अधिकार होना सुरों की परम्परा के विरुद्ध है। अतएव, हे लक्ष्मीपति! आप से प्रार्थना है कि आप दुछ ऐसा उपाय करें कि उसका यज्ञ पूर्ण न हो पाये।"

उनकी इस प्रार्थना पर भगवान विष्णु ने कहा, "आप सभी देवता निर्भय और निश्चिंत होकर अपने अपने धाम में वापस चले जाएँ। आप लोगों का मनोरथ पूर्ण करने के लिये मैं शीघ्र ही उपाय करूँगा।"

देवताओं के चले जाने के बाद भगवान विष्णु वामन (बौने) का रूप धारण करके वहाँ पहुँचे जहाँ पर बलि यज्ञ कर रहा था। इस बौने किन्तु परम तेजस्वी ब्राह्मण से राजा बलि अत्यधिक प्रभावित हुये और बोले, "विप्रवर! आपका स्वागत है। आज्ञा कीजिये, मैं आपकी क्या सेवा कर सकता हूँ?"

बलि के इस तरह कहने पर वामन रूपधारी भगवान विष्णु ने कहा, "राजन्! मुझे बैठ कर भगवान का भजन करने के लिए सिर्फ ढाई चरण भूमि की आवश्यकता है।"

इस पर राजा बलि ने प्रसन्नता पूर्वक वामन को ढाई चरण भूमि नापने की अनुमति दे दी। अनुमति मिलते ही भगवान विष्णु ने विराट रूप धारण किया और एक चरण में सम्पूर्ण आकाश को और दूसरे चरण में पृथ्वी सहित पूरे पाताल को नाप लिया और पूछा, "राजन! आपका समस्त राज्य तो मेरे दो चरण में ही आ गये। अब शेष आधा चरण से मैं क्या नापूँ?"

बलि के द्वार से कभी भी कोई याचक खाली हाथ नहीं गया था। बलि इस याचक को भी निराश नहीं लौटने देना चाहता था। उसने कहा, "हे ब्राह्मण! अभी मेरा शरीर बाकी है। आप मेरे इस शरीर पर अपना आधा चरण रख दीजिये।"

इस पर भगवान विष्णु ने बलि को भी अपने आधे चरण में नाप लिया। (बलि का यह दान इतना महान था कि बलिदान के नाम से विख्यात हो गया।) भगवान विष्णु ने बलि की दानशीलता से प्रसन्न होकर उसे वरदान दिया कि यह स्थान सदा पवित्र माना जायेगा, सिद्धाश्रम कहलायेगा और यहाँ तपस्या करने वाले को शीघ्र ही समस्त सिद्धियाँ प्राप्त होंगी।

उसी समय से यह स्थान सिद्धाश्रम के नाम से विख्यात है और बहुत से ऋषि मुनि- यहाँ तपस्या करके मुक्ति लाभ करते हैं। मेरे स्वयं का आश्रम भी इसी स्थान पर है। मैं यहीं बैठ कर अपना यज्ञ सम्पन्न करना चाहता हूँ। जब-जब मैने यज्ञ प्रारम्भ किया तब-तब राक्षसों ने उसमें बाधा डाली है और उसे कभी पूर्ण नहीं होने दिया। अब तुम आ गये हो और मैं निश्चिन्त होकर यज्ञ पूरा कर सकूँगा।

इस प्रकार की बातें करते हुये विश्वामित्र ने राम और लक्ष्मण के साथ अपने आश्रम में पदार्पण किया। वहाँ रहने वाले समस्त ऋषि मुनियों और उनके शिष्यों ने उनका स्वागत सत्कार किया। राम ने विनीत स्वर में गुरु विश्वामित्र से कहा, "मुनिराज! आप आज ही यज्ञ का शुभारम्भ कीजिये। मैं आपको विश्वास दिलाता हूँ कि मैं आपके यज्ञ की रक्षा करते हुये इस पवित्र प्रदेश को राक्षसों से मुक्त कर दूँगा।"

राम के इन वचनों को सुन कर विश्वामित्र यज्ञ सामग्री एकत्रित करने में जुट गये।

- **मारीच का वध एवं और सुबाहु को समुद्र में फेंकना**

दूसरे दिन ब्राह्म मुहूर्त में उठ कर तथा नित्यकर्म और सन्ध्या-उपसना आदि निवृत होकर राम और लक्ष्मण गुरु विश्वामित्र के पास जा कर बोले, “गुरुदेव! कृपा करके हमें यह बताइये कि राक्षस यज्ञ में विघ्न डालने के लिये किस समय आते हैं। यह हम इसलिये जानना चाहते हैं कि कहीं ऐसा न हो कि हमारे अनजाने में ही वे आकर उपद्रव मचाने लगें।”

दशरथ के वीर पुत्रों के इन उत्साहभरे इन वचनों को सुन कर वहाँ पर उपस्थित समस्त ऋषि-मुनि अत्यंत प्रसन्न हुये और बोले, “हे रघुकुलभूषण राजकुमारों! यज्ञ की रक्षा करने के लिये तुमको आज से छः दिनों तथा रात्रियों तक पूर्ण रूप से सावधान मुद्रा में और सजग रहना होगा। इन छः दिनों मे विश्वामित्र जी मौन होकर यज्ञ करेंगे। इस समय भी वे तुम्हारे किसी भी प्रश्न का उत्तर नहीं देंगे क्योंकि वे यज्ञ की दीक्षा ले चुके हैं।”

सूचना पा कर राम और लक्ष्मण दोनों भाई अपने समस्त शस्त्रास्त्रों से सुसज्जित होकर यज्ञ की रक्षा में तत्पर हो गये। पाँच दिन और पाँच रात्रि तक वे निरन्तर बिना किसी विश्राम के सतर्कता के साथ यज्ञ की रक्षा करते रहे किन्तु इस अवधि में किसी भी प्रकार की विघ्न-बाधा नहीं आई। छठवें दिन राम ने लक्ष्मण से कहा, “भाई सौमित्र! यज्ञ का आज अन्तिम दिन है और उपद्रव करने के लिये राक्षसों की आने की पूर्ण सम्भावना है। आज हमें विशेष रूप से सावधान रहने की आवश्यकता है। तनिक भी असावधानी से मुनिराज का यज्ञ और हमारा परिश्रम निष्फल और निरर्थक हो सकते हैं।”

राम ने लक्ष्मण को अभी सचेष्ट किया ही था कि यज्ञ सामग्री, चमस, समिधा आदि अपने आप भभक उठे। आकाश से ऐसी ध्वनि आने लगी जैसे मेघ गरज रहे हों और सैकड़ों बिजलियाँ तड़क रही हों। इसके पश्चात् मारीच और सुबाहु की राक्षसी सेना रक्त, माँस, मज्जा, अस्थियों आदि की वर्षा करने लगी। रक्त गिरते देखकर राम ने उपद्रवकारियों पर एक खोजपूर्ण दृष्टि डाली। आकाश में मायावी राक्षसों की सेना को देख कर राम ने लक्ष्मण से कहा, “लक्ष्मण! तुम धनुष पर शर-संधान करके सावधान हो जाओ। मैं मानवास्त्र चला कर इन महापापियों की सेना का अभी नाश किये देता हूँ।”

यह कह कर राम ने असाधारण फुर्ती और कौशल का प्रदर्शन करते हुये उन पर मानवास्त्र छोड़ा। मानवास्त्र आँधी के वेग से जाकर मारीच की छाती में लगा और वह उसके वेग के कारण उड़कर एक सौ योजन अर्थात् चार सौ कोस दूर समुद्र में जा गिरा। इसके पश्चात् राम ने आकाश में आग्नेयास्त्र फेंका जिससे अग्नि की एक भयंकर ज्वाला प्रस्फुटित हुई और उसने सुबाहु को चारों ओर से आवृत कर लिया। इस अग्नि की ज्वाला ने क्षण भर में उस महापापी को जला कर भस्म कर दिया। जब उसका जला हुआ शरीर पृथ्वी पर गिरा तो एक बड़े जोर का धमाका हुजआ। उसके आघात से अनेक वृक्ष टूट कर भूमि पर गिर पड़े। मारीच और सुबाहु पर आक्रमण समाप्त करके राम ने बचे खुचे राक्षसों का नाश करने के लिये वायव्य नामक अस्त्र छोड़ दिया। उस अस्त्र के प्रहार से राक्षसों की विशाल सेना के वीर

मर मर कर ओलों की भाँति भूमि पर गिरने लगे। इस प्रकार थोड़े ही समय में सम्पूर्ण राक्षसी सेना का नाश हो गया। चारों ओर राम की जय जयकार होने लगी तथा पुष्पों की वर्षा होने लगी। निर्विघ्न यज्ञ समाप्त करके मुनि विश्वामित्र यज्ञ वेदी से उठे और राम को हृदय से लगाकर बोले, "हे रघुकुल कमल! तुम्हारे भुबजल के प्रताप और युद्ध कौशल से आज मेरा यज्ञ सफल हुआ। उपद्रवी राक्षसों का विनाश करके तुमने वास्तव में आज सिद्धाश्रम को कृतार्थ कर दिया।"

- **धनुष यज्ञ के लिये प्रस्थान**

दूसरे दिन राम और लक्ष्मण अपने नित्यकर्मों और सन्ध्योवन्दनादि से निवृत हुए और प्रणाम करने के उद्देश्य से गुरु विश्वामित्र के पास पहुँचे। वहाँ उपस्थित आश्रमवासी तपस्वियों से राम और लक्ष्मण को ज्ञात हुआ कि मिथिला में राजा जनक ने धनुष यज्ञ का आयोजन किया है। उस धनुष यज्ञ में देश-देशान्तर के राजा लोग भाग लेने के लिये आ रहे हैं।

रामचन्द्र ने गुरु विश्वामित्र से पूछा, "गुरुदेव! इस धनुष की क्या विशेषता है और इस यज्ञ का आयोजन का उद्देश्य क्या है?"

ऋषि विश्वामित्र ने बताया, "हे राम! जनक मिथिलापुरी के राजाओं की उपाधि है जो चिरकाल से चली आ रही है। प्राचीन काल में किसी समय देवरात नामक पूर्वपुरुष ने बड़ी निष्ठा और श्रद्धा के साथ यज्ञ किया था जिसमें उसने देवताओं को भी आमन्त्रित किया था। देवताओं ने देवरात के इस यज्ञ से प्रसन्न होकर उसे पिनाक नाम का धनुष प्रदान किया था। यह धनुष अत्यन्त सुन्दर, भव्य और गरिमामय है और साथ ही साथ यह बहुत भारी और शक्तिशाली भी है। बड़े बड़े बलवान, पराक्रमी और रणकुशल योद्धा तथा शूरवीर इस पर प्रत्यंचा चढ़ाना तो दूर, इसे उठा भी नहीं सकते। अपनी एकमात्र रूपवती एवं लावण्यमयी कन्या सीता के स्वयंवर के लिये मिथिला नरेश ने प्रतिज्ञा की है कि जो भी पराक्रमी वीर राजकुमार या राजा इस धनुष पर प्रत्यंचा चढ़ा देगा उसके साथ वे अपनी कन्या का विवाह कर देंगे। अनेक देशों के राजा एवं राजकुमार भारी संख्या में इस यज्ञ में भाग लेने के लिये मिथिलापुरी पहुँच रहे हैं। हम लोगों की भी इच्छा इस यज्ञ को देखने की है। अतः तुम भी हमारे साथ मिथिला पुरी चलो। उसे देख कर तुम लोगों को भी प्रसन्नता होगी।"

महर्षि का आदेशानुसार राम और लक्ष्मण ने भी विश्वामित्र तथा अन्य ऋषि-मुनियों के साथ मिथिलापुरी की ओर प्रस्थान किया। मार्ग में अनेक प्रकार के दृश्यों का अवलोकन करते हुये वे आध्यात्मिक चर्चा भी करते जाते थे। इस प्रकार वे शोण नदी के तट पर पहुँचे। विश्वामित्र सहित सभी ऋषि मुनियों एवं राजकुमारों ने सरिता के शीतल जल में स्नान किया। इसके पश्चात् सन्ध्या-उपासना आदि से निवृत होकर धार्मिक कथाओं की चर्चा में

व्यस्त हो गये। रात्रि अधिक हो जाने पर गुरु की आज्ञा से सभी ने वहीं रात्रि व्यतीत की।

प्रातः नित्यकर्मों तथा सन्ध्यावन्दनादि से निवृत होने के पश्चात् यह मण्डली आगे की ओर बढ़ी। वे परम पावन गंगा नदी के तट पर पहुँचे। उस समय मध्यानह्न होने के कारण भगवान भास्कर आकाश के मध्य में पहुँच चुके थे और गंगा का दृष्य अत्यंत मनोरम दिखाई दे रहा था। अठखेलियाँ करती हुई लहरों में सूर्य के अनेकों प्रतिबिम्ब दिखाई दे रहे थे। जल में कौतुकमयी मछलियाँ क्रीड़ा कर रही थीं और नभ में सारस, हंस जैसे पक्षी अपनी मीठी बोली में बोल रहे थे। दूर दूर तक सुनहरे रेत के कण बिखरे पड़े थे और तटवर्ती वृक्षों की अनुपम शोभा दृष्टिगत हो रही थी।

राम इस दृष्य को अपलक दृष्टि से देख रहे थे। उन्हें देख कर विश्वामित्र ने पूछा, "वत्स! इतना भावविभोर होकर तुम क्या देख रहे हो?" राम ने कहा, "गुरुदेव! मैं सुरसरि की इस अद्भुत छटा को देख रहा हूँ। इस परम पावन सलिला के दर्शन मात्र से मेरे हृदय को अपूर्व शान्ति मिल रही है। भगवन्! मैं आपके श्रीमुख से यह सुनना चाहता हूँ कि इस कलुषहारिणी पवित्र गंगा की उत्पत्ति कैसे हुई?

राम का प्रश्न सुन कर ऋषि विश्वामित्र बोले, "हे राम! अनेक प्रकार के कष्टों और तापों का निवारण करने वाली गंगा की कथा अत्यंत मनोरंजक तथा रोचक है। मैं तुम सभी को यह कथा सुनाता हूँ।

ऋषि विश्वामित्र ने इस प्रकार कथा सुनाना आरम्भ किया, "पर्वतराज हिमालय की अत्यंत रूपवती, लावण्यमयी एवं सर्वगुण सम्पन्न दो कन्याएँ थीं। इन कन्याओं की माता, सुमेरु पर्वत की पुत्री, मैना थीं। बड़ी कन्या का नाम गंगा तथा छोटी कन्या का नाम उमा था। गंगा अत्यन्त प्रभावशाली और असाधारण दैवी गुणों से सम्पन्न थी। वह किसी बन्धन को स्वीकार न कर मनमाने मार्गों का अनुसरण करती थी। उसकी इस असाधारण प्रतिभा से प्रभावित होकर देवता लोग विश्व के कल्याण की दृष्टि से उसे हिमालय से माँग कर ले गये। पर्वतराज की दूसरी कन्या उमा बड़ी तपस्विनी थी। उसने कठोर एवं असाधारण तपस्या करके शिव जी को वर के रूप में प्राप्त किया।"

विश्वामित्र के इतना कहने पर राम ने कहा, "हे भगवन्! जब गंगा को देवता लोग सुरलोक ले गये तो वह पृथ्वी पर कैसे अवतरित हुई और गंगा को त्रिपथगा क्यों कहते हैं?"

राम के इस प्रश्न का उत्तर देते हुए ऋषि विश्वामित्रत ने कहा, "सुरलोक में विचरण करती हुई गंगा से उमा की भेंट हुई। गंगा ने उमा से कहा कि मुझे सुरलोक में विचरण करते हुये बहुत दिन हो गये हैं। मेरी इच्छा है कि मैं अपनी मातृभूमि पृथ्वी पर विचरण करूँ। उमा ने गंगा आश्वासन दिया कि वे इसके लिये कोई प्रबन्ध करने का प्रयत्न करेंगी।"

- **गंगा-जन्म की कथा**

ऋषि विश्वामित्र ने कहा, "वत्स राम! तुम्हारी ही अयोध्यापुरी में सगर नाम के एक राजा थे। वे पुत्रहीन थे। सगर की पटरानी का नाम केशिनी था जो कि विदर्भ प्रान्त के राजा की पुत्री थी। केशिनी रूपवती, धर्मात्मा और सत्यपरायण थी। सगर की दूसरी रानी का नाम था सुमति जो राजा अरिष्टनेमि की कन्या थी। महाराज सगर अपनी दोनों रानियों को लेकर हिमालय के भृगुप्रस्रवण नामक प्रान्त में गए और पुत्र प्राप्ति के लिये तपस्या करने लगे। उनकी तपस्या से महर्षि भृगु प्रसन्न हुए और उन्हें वर दिया कि तुम्हें अनेक पुत्रों की प्राप्ति होगी। दोनों रानियों में से एक का केवल एक ही पुत्र होगा जो कि वंश को बढ़ायेगा और दूसरी के साठ हजार पुत्र होंगे। कौन सी रानी कितने पुत्र चाहती है इसका निर्णय वे स्वयं आपस में मिलकर कर लें। केशिनी ने वंश को बढ़ाने वाले एक पुत्र की कामना की और गरुड़ की भगिनी सुमति ने साठ हजार बलवान पुत्रों की।

"कुछ काल के पश्चात् रानी केशिनी ने असमञ्ज नामक पुत्र को जन्म दिया। रानी सुमति के गर्भ से एक तूंबा निकला जिसे फोड़ने पर छोटे छोटे साठ हजार पुत्र निकले। उन सबका पालन पोषण घी के घड़ों में रखकर किया गया।* कालचक्र व्यतीत होते गया और सभी राजकुमार युवा हो गये। सगर का ज्येष्ठ पुत्र असमञ्ज बड़ा दुराचारी था और उसे नगर के बालकों को सरयू नदी में फेंक कर उन्हें डूबते हुये देखने में बड़ा आनन्द आता था। इस दुराचारी पुत्र से दुःखी होकर सगर ने उसे अपने राज्य से निर्वासित कर दिया। असमञ्ज के अंशुमान नाम का एक पुत्र था। अंशुमान अत्यंत सदाचारी और पराक्रमी था। एक दिन राजा सगर के मन में अश्वमेघ यज्ञ करवाने का विचार आया। शीघ्र ही उन्होंने अपने इस विचार को कार्यरूप में परिणित कर दिया।"

राम ने ऋषि विश्वामित्र से कहा, "गुरुदेव! मेरी रुचि अपने पूर्वज सगर की यज्ञ गाथा को विस्तारपूर्वक सुनने में है। अतः कृपा करके इस वृत्तान्त को पूरा पूरा सुनाइये।"

राम के इस प्रकार से जिज्ञासा व्यक्त करने पर ऋषि विश्वामित्र प्रसन्न होकर कहने लगे, " राजा सगर ने हिमालय एवं विन्ध्याचल के बीच की हरीतिमायुक्त भूमि पर एक विशाल यज्ञ मण्डप का निर्माण करवाया। फिर अश्वमेघ यज्ञ के लिये श्यामकर्ण घोड़ा छोड़कर उसकी रक्षा के लिये पराक्रमी अंशुमान को सेना के साथ उसके पीछे पीछे भेज दिया। यज्ञ की सम्भावित सफलता के परिणाम की आशंका से भयभीत होकर इन्द्र ने एक राक्षस का रूप धारण किया और उस घोड़े को चुरा लिया। घोड़े की चोरी की सूचना पाकर सगर ने अपने साठ हजार पुत्रों को आज्ञा दी कि घोड़ा चुराने वाले को पकड़कर या मारकर घोड़ा वापस लाओ। पूरी पृथ्वी में खोजने पर भी जब घोड़ा नहीं मिला तो, इस आशंका से कि किसीने घोड़े को तहखाने में न छुपा रखा हो, सगर के पुत्रों ने सम्पूर्ण पृथ्वी को खोदना आरम्भ कर दिया। उनके इस कार्य से असंख्य भूमितल निवासी प्राणी मारे गये। खोदते खोदते वे पाताल तक जा पहुँचे। उनके इस नृशंस कृत्य के विषय में देवताओं ने ब्रह्मा जी को बताया तो ब्रह्मा जी ने कहा कि ये राजकुमार क्रोध एवं मद में अन्धे होकर ऐसा कर रहे हैं। पृथ्वी की रक्षा कर दायित्व कपिल ऋषि पर है इसलिये वे इस विषय में अवश्य ही कुछ न कुछ करेंगे। पूरी पृथ्वी को खोदने के

बाद भी जब घोड़ा और उसको चुराने वाला चोर नहीं मिला तो निराश होकर राजकुमारों ने इसकी सूचना अपने पिता को दी। क्रुद्ध सगर ने आदेश दिया कि घोड़े को पाताल में जाकर ढूंढो। पाताल में घोड़े को खोजते खोजते वे सनातन वसुदेव कपिल के आश्रम में पहुँच गये। उन्होंने देखा कपिलदेव तपस्या में लीन हैं और उन्हीं के पास यज्ञ का वह घोड़ा बँधा हुआ है। उन्होंने कपिल मुनि को घोड़े का चोर समझकर उनके लिये अनेक दुर्वचन कहे और उन्हें मारने के लिये दौड़े। सगर के इन कुकृत्यों से कपिल मुनि की समाधि भंग हो गई। उन्होंने क्रुद्ध होकर सगर के उन सब पुत्रों को भस्म कर दिया।"

ऋषि विश्वामित्र ने आगे कहा, "बहुत दिनों तक अपने पुत्रों की सूचना नहीं मिलने पर महाराज सगर ने अपने तेजस्वी पौत्र अंशुमान को अपने पुत्रों तथा घोड़े का पता लगाने के लिये आदेश दिया। वीर अंशुमान शस्त्रास्त्रों से सुसज्जित होकर अपने चाचाओं के द्वारा बनाए गए मार्ग से पाताल की ओर चल पड़ा। मार्ग में मिलने वाले पूजनीय ऋषि मुनियों का यथोचित सम्मान करके अपने लक्ष्य के विषय में पूछता हुआ उस स्थान तक पहुँच गया जहाँ पर उसके चाचाओं के भस्मीभूत शरीरों की राख पड़ी थी और पास ही यज्ञ का घोड़ा चर रहा था। अपने चाचाओं के भस्मीभूत शरीरों को देखकर उसे अत्यन्त क्षोभ हुआ। उसने उनका तर्पण करने के लिये जलाशय की खोज की किन्तु उसे कोई भी जलाशय दृष्टिगत नहीं हुआ। तभी उसकी दृष्टि अपने चाचाओं के मामा गरुड़ पर पड़ी। उन्हें सादर प्रणाम करके अंशुमान ने पूछा कि हे पितामह! मैं अपने चाचाओं का तर्पण करना चाहता हूँ। समीप में यदि कोई सरोवर हो तो कृपा करके उसका पता बताइये। यदि आपको इनकी मृत्यु के विषय में कुछ जानकारी है तो वह भी मुझे बताने की कृपा करें। गरुड़ जी ने बताया कि किस प्रकार किस प्रकार से इन्द्र ने घोड़े को चुरा कर कपिल मुनि के पास छोड़ दिया था और उसके चाचाओं ने कपिल मुनि के साथ उद्दण्ड व्यवहार किया था जिसके कारण कपिल मुनि ने उन सबको भस्म कर दिया। इसके पश्चात् गरुड जी ने अंशुमान से कहा कि ये सब अलौकिक शक्ति वाले दिव्य पुरुष के द्वारा भस्म किये गये हैं अतः लौकिक जल से तर्पण करने से इनका उद्धार नहीं होगा, केवल हिमालय की ज्येष्ठ पुत्री गंगा के जल से ही तर्पण करने पर इनका उद्धार सम्भव है। अब तुम घोड़े को लेकर वापस चले जाओ जिससे कि तुम्हारे पितामह का यज्ञ पूर्ण हो सके। गरुड़ जी की आज्ञानुसार अंशुमान वापस अयोध्या पहुँचे और अपने पितामह को सारा वृत्तान्त सुनाया। महाराज सगर ने दुःखी मन से यज्ञ पूरा किया। वे अपने पुत्रों के उद्धार करने के लिये गंगा को पृथ्वी पर लाना चाहते थे पर ऐसा करने के लिये उन्हें कोई भी युक्ति न सूझी।"

थोड़ा रुककर ऋषि विश्वामित्र कहा, "महाराज सगर के देहान्त के पश्चात् अंशुमान बड़ी न्यायप्रियता के साथ शासन करने लगे। अंशुमान के परम प्रतापी पुत्र दिलीप हुये। दिलीप के वयस्क हो जाने पर अंशुमान दिलीप को राज्य का भार सौंप कर हिमालय की कन्दराओं में जाकर गंगा को प्रसन्न करने के लिये तपस्या करने लगे किन्तु उन्हें सफलता नहीं प्राप्त हो पाई और वे स्वर्ग सिधार गए। इधर जब राजा दिलीप का धर्मनिष्ठ पुत्र भगीरथ बड़ा हुआ

तो उसे राज्य का भार सौंपकर दिलीप भी गंगा को पृथ्वी पर लाने के लिये तपस्या करने चले गये। पर उन्हें भी सफलता नहीं मिली। भगीरथ बड़े प्रजावत्सल नरेश थे किन्तु उनकी कोई सन्तान नहीं हुई। इस पर वे अपने राज्य का भार मन्त्रियों को सौंपकर स्वयं गंगावतरण के लिये गोकर्ण नामक तीर्थ पर जाकर कठोर तपस्या करने लगे। उनकी अभूतपूर्व तपस्या से प्रसन्न होकर ब्रह्मा जी ने उन्हें वर माँगने के लिये कहा। भगीरथ ने ब्रह्मा जी से कहा कि हे प्रभो! यदि आप मुझ पर प्रसन्न हैं तो मुझे यह वर दीजिये कि सगर के पुत्रों को मेरे प्रयत्नों से गंगा का जल प्राप्त हो जिससे कि उनका उद्धार हो सके। इसके अतिरिक्त मुझे सन्तान प्राप्ति का भी वर दीजिये ताकि इक्ष्वाकु वंश नष्ट न हो। ब्रह्मा जी ने कहा कि सन्तान का तेरा मनोरथ शीघ्र ही पूर्ण होगा, किन्तु तुम्हारे माँगे गये प्रथम वरदान को देने में कठिनाई यह है कि जब गंगा जी वेग के साथ पृथ्वी पर अवतरित होंगीं तो उनके वेग को पृथ्वी संभाल नहीं सकेगी। गंगा जी के वेग को संभालने की क्षमता महादेव जी के अतिरिक्त किसी में भी नहीं है। इसके लिये तुम्हें महादेव जी को प्रसन्न करना होगा। इतना कह कर ब्रह्मा जी अपने लोक को चले गये।

"भगीरथ ने साहस नहीं छोड़ा। वे एक वर्ष तक पैर के अँगूठे के सहारे खड़े होकर महादेव जी की तपस्या करते रहे। केवल वायु के अतिरिक्त उन्होंने किसी अन्य वस्तु का भक्षण नहीं किया। अन्त में इस महान भक्ति से प्रसन्न होकर महादेव जी ने भगीरथ को दर्शन देकर कहा कि हे भक्तश्रेष्ठ! हम तेरी मनोकामना पूरी करने के लिये गंगा जी को अपने मस्तक पर धारण करेंगे। इसकी सूचना पाकर विवश होकर गंगा जी को सुरलोक का परित्याग करना पड़ा। उस समय वे सुरलोक से कहीं जाना नहीं चाहती थीं, इसलिये वे यह विचार करके कि मैं अपने प्रचण्ड वेग से शिव जी को बहा कर पाताल लोक ले जाऊँगी वे भयानक वेग से शिव जी के सिर पर अवतरित हुईं। गंगा का यह अहंकार महादेव जी से छुपा न रहा। महादेव जी ने गंगा की वेगवती धाराओं को अपने जटाजूट में उलझा लिया। गंगा जी अपने समस्त प्रयत्नों के बाद भी महादेव जी के जटाओं से बाहर न निकल सकीं। गंगा जी को इस प्रकार शिव जी की जटाओं में विलीन होते देख भगीरथ ने फिर शंकर जी की तपस्या की। भगीरथ के इस तपस्या से प्रसन्न होकर भगवान शंकर ने गंगा जी को हिमालय पर्वत पर स्थित बिन्दुसर में छोड़ा। छूटते ही गंगा जी सात धाराओं में बँट गईं। गंगा जी की तीन धाराएँ ह्लादिनी, पावनी और नलिनी पूर्व की ओर प्रवाहित हुईं। सुचक्षु, सीता और सिन्धु नाम की तीन धाराएँ पश्चिम की ओर बहीं और सातवीं धारा महाराज भगीरथ के पीछे पीछे चली। जिधर जिधर भगीरथ जाते थे, उधर उधर ही गंगा जी जाती थीं। स्थान स्थान पर देव, यक्ष, किन्नर, ऋषि-मुनि आदि उनके स्वागत के लिये एकत्रित हो रहे थे। जो भी उस जल का स्पर्श करता था, भव-बाधाओं से मुक्त हो जाता था। चलते चलते गंगा जी उस स्थान पर पहुँचीं जहाँ ऋषि जह्नु यज्ञ कर रहे थे। गंगा जी अपने वेग से उनके यज्ञशाला को सम्पूर्ण सामग्री के साथ बहाकर ले जाने लगीं। इससे ऋषि को बहुत क्रोध आया और उन्होंने क्रुद्ध होकर गंगा का सारा जल पी लिया। यह देख कर समस्त ऋषि मुनियों को बड़ा विस्मय हुआ और वे गंगा जी को मुक्त

करने के लिये उनकी स्तुति करने लगे। उनकी स्तुति से प्रसन्न होकर जह्नु ऋषि ने गंगा जी को अपने कानों से निकाल दिया और उन्हें अपनी पुत्री के रूप में स्वीकार कर लिया। तब से गंगा जाह्नवी कहलाने लगीं। इसके पश्चात् वे भगीरथ के पीछे चलते चलते समुद्र तक पहुँच गईं और वहाँ से सगर के पुत्रों का उद्धार करने के लिये रसातल में चली गईं। उनके जल के स्पर्श से भस्मीभूत हुये सगर के पुत्र निष्पाप होकर स्वर्ग गये। उस दिन से गंगा के तीन नाम हुये, त्रिपथगा, जाह्नवी और भागीरथी।

"हे रामचन्द्र! कपिल आश्रम में गंगा जी के पहुँचने के पश्चात् ब्रह्मा जी ने प्रसन्न होकर भगीरथ को वरदान दिया कि तेरे पुण्य के प्रताप से प्राप्त इस गंगाजल से जो भी मनुष्य स्नान करेगा या इसका पान करेगा, वह सब प्रकार के दुःखो से रहित होकर अन्त में स्वर्ग को प्रस्थान करेगा। जब तक पृथ्वी मण्डल में गंगा जी प्रवाहित होती रहेंगी तब तक उसका नाम भागीरथी कहलायेगा और सम्पूर्ण भूमण्डल में तेरी कीर्ति अक्षुण्ण रूप से फैलती रहेगी। सभी लोग श्रद्धा के साथ तेरा स्मरण करेंगे। यह कह कर ब्रह्मा जी अपने लोक को लौट गये। भगीरथ ने पुनः अपने पितरों को जलांजलि दी।"

कथा समाप्त होने पर वे सब विश्राम करने चले गये।

- **जनकपुरी में आगमन**

दूसरे दिन ऋषि विश्वामित्र ने अपनी मण्डली के साथ प्रातःकाल ही जनकपुरी के लिए प्रस्थान किया। चलते-चलते वे विशाला नगरी में पहुँचे। इस भव्य नगरी में सुन्दर मन्दिर और विशाल अट्टालिकायें शोभायमान हो रही थीं। वहाँ कि बड़ी बड़ी दुकानें, अमूल्य आभूषणों को धारण किये हुये स्त्री-पुरुष आदि नगर की सम्पन्नता का परिचय दे रहे थे। चौड़ी-चौड़ी और साफ सुथरी सड़कों को देख कर ज्ञात होता था कि नगर के रख-रखाव और व्यवस्था बहुत ही सुन्दर और प्रशंसनीय थी।

विशाला नगरी को पार कर के वे सभी मिथिलापुरी पहुँचे। उन्होंने देखा कि नगर के बाहर सुरम्य प्रदेश में एक मनोहर यज्ञशाला का निर्माण किया गया था और वहाँ पर विभिन्न प्रान्तों से आये हुये वेदपाठी ब्राह्मण मधुर ध्वनि में वेद मन्त्रों का सस्वर पाठ कर रहे थे। शोभायुक्त यज्ञ मण्डप अत्यन्त आकर्षक था जिसे देख कर राम ने कहा, "हे गुरुदेव! इस यज्ञशाला की छटा मेरे मन को मोह रही है और विद्वान ब्राह्मणों के आनन्द दायक मन्त्रोच्चार को सुन कर मैं पुलकित हो रहा हूँ। कृपा करके इस यज्ञ मण्डप के समीप ही हम लोगों के ठहरने की व्यवस्था करें ताकि वेद मन्त्रों की ध्वनि हमारे मन मानस को निरन्तर पवित्र करती रहे।"

जब राजा जनक को सूचना मिली कि ऋषि विश्वामित्र अपनी शिष्यों तथा अन्य ऋषि-मुनियों के साथ जनकपुरी में पधारे हैं तो उनके दर्शन के लिये वे राजपुरोहित शतानन्द को

लेकर यज्ञशाला पहुँचे। पाद्य, अर्ध्य आदि से विश्वामित्र जी का पूजन करके राजा जनक बोले, "हे महर्षि! आपने यहाँ पधार कर और दर्शन देकर हम लोगों को कृतार्थ कर दिया है। आपकी चरणधूलि से यह मिथिला नगरी पवित्र हो गई है।" फिर राम और लक्ष्मण की ओर देखकर बोले, "हे मुनिवर! आपके साथ ये परम तेजस्वी सिंह-शावक जैसे अनुपम सौन्दर्यशाली दोनों कुमार कौन हैं? इनकी वीरतापूर्ण आकृति देख कर प्रतीत होता है मानो ये किसी राजकुल के दीपक हैं। ऐसे सुन्दर, सुदर्शन कुमारों की उपस्थिति से यह यज्ञशाला वैसी ही शोभायुक्त हो गई है जैसे प्रातःकाल भगवान भुवन-भास्कर के उदय होने पर प्राची दिशा सौन्दर्य से परिपूर्ण हो जाती है। कृपा करके अवगत कराइये कि ये कौन हैं? कहाँ से आये हैं? इनके पिता और कुल का नाम क्या है?"

इस पर ऋषि विश्वामित्र ने राजा जनक से कहा, "हे राजन्! ये दोनों बालक वास्तव में राजकुमार हैं। ये अयोध्या नरेश सूर्यवंशी राजा दशरथ के पुत्र रामचन्द्र और लक्ष्मण हैं। ये दोनों बड़े वीर और पराक्रमी हैं। इन्होंने सुबाहु, ताड़का आदि के साथ घोर युद्ध करके उनका नाश किया है। मारीच जैसे महाबली राक्षस को तो राम ने एक ही बाण से सौ योजन दूर समुद्र में फेंक दिया। अपने यज्ञ की रक्षा के लिये मैं इन्हें अयोध्यापति राजा दशरथ से माँगकर लाया था। मैंने इन्हें नाना प्रकार के अस्त्र-शस्त्रों की शिक्षा प्रदान की है। इनके प्रयत्नों से मेरा यज्ञ निर्विघ्न तथा सफलतापूर्वक सम्पन्न हो गया। अपने सद्व्यवहार, विनम्रता एवं सौहार्द से इन्होंने आश्रम में रहने वाले समस्त ऋषि मुनियों का मन मोह लिया है। आपके इस महान धनुषयज्ञ का उत्सव दिखाने के लिये मैं इन्हें यहाँ लाया हूँ।"

इस वृत्तान्त को सुन कर राजा जनक बहुत प्रसन्न हुये और उन सबके ठहरने के लिये यथोचित व्वयस्था कर दिया।

- **अहल्या की कथा**

प्रातःकाल राम और लक्ष्मण ऋषि विश्वामित्र के साथ मिथिलापुरी के वन उपवन आदि देखने के लिये निकले। एक उपवन में उन्होंने एक निर्जन स्थान देखा। राम बोले, "गुरुदेव! यह स्थान देखने में तो आश्रम जैसा दिखाई देता है किन्तु क्या कारण है कि यहाँ कोई ऋषि या मुनि दृष्टिगोचर नहीं हो रहे हैं?"

इस पर विश्वामित्र जी ने कहा, "यह स्थान कभी महात्मा गौतम का आश्रम था। वे अपनी पत्नी अहल्या के साथ यहाँ रह कर तपस्या करते थे। एक दिन गौतम ऋषि की अनुपस्थिति में इन्द्र ने गौतम के वेश में आकर अहल्या से प्रणय-याचना की। यद्यपि अहल्या ने इन्द्र को पहचान लिया था तो भी यह सोचकर कि मैं इतनी सौन्दर्यशाली हूँ कि देवराज इन्द्र स्वयं मुझ से प्रणय-याचना कर रहे हैं, अपनी स्वीकृति दे दी। जब इन्द्र अपने लोक लौट रहे थे तभी अपने आश्रम को वापस आते हुये गौतम ऋषि की दृष्टि इन्द्र पर पड़ी। उस समय इन्द्र उन्हीं का वेश धारण किये हुये था। तत्काल वे सब कुछ समझ गये और उन्होंने इन्द्र को शाप दे

दिया। इसके बाद उन्होंने अपनी पत्नी को शाप दिया कि 'रे दुराचारिणी! तू हजारों वर्ष तक केवल हवा पीकर कष्ट उठाती हुई यहाँ राख में पड़ी रहे। जब राम इस वन में प्रवेश करेंगे तभी उनकी कृपा से तेरा उद्धार होगा। तभी तू अपना पूर्व शरीर धारण करके मेरे पास आ सकेगी।' यह कह कर गौतम ऋषि इस आश्रम को छोड़कर हिमालय पर जाकर तपस्या करने चले गये। अतः हे राम! अब तुम आश्रम के अन्दर जाकर अहल्या का उद्धार करो।"

विश्वामित्र जी की आज्ञा पाकर वे दोनों भाई आश्रम के भीतर प्रविष्ट हुये। वहाँ तपस्यारत अहल्या कहीं दिखाई नहीं दे रही थी, केवल उसका तेज सम्पूर्ण वातावरण में व्याप्त हो रहा था। जब अहल्या की दृष्टि राम पर पड़ी तो उनके पवित्र दर्शन पाकर वह एक बार फिर सुन्दर नारी के रूप में दिखाई देने लगी। नारी रूप में अहल्या को सम्मुख पाकर राम और लक्ष्मण ने श्रद्धापूर्वक उनके चरणस्पर्श किये। तत्पश्चात् उससे उचित आदर सत्कार ग्रहण कर वे मुनिराज के साथ पुनः मिथिला पुरी को लौट आये।

वाल्मीकि रामायण और श्री तुलसीदास जी के रामचरितमानस में अहल्या की कथा मे बहुत सारे अन्तर हैं। जहाँ आदिकवि श्री वाल्मीकि ने अहल्या का शापवश राख में पड़ी रहना बताया है वहीं श्री तुलसीदास जी ने अहल्या का शापवश शिला बन जाना लिखा है।

पाठकों को कुछ और भी सन्देह हो सकते हैं इसलिए मैं निम्न उद्धरण भी देना उचित समझता हूँ

आदिकवि श्री वाल्मीकि रचित रामायण के अष्टचत्वरिंशः सर्गः (48वे सर्ग) के श्लोक क्रमांक 17-19 के अनुसार स्पष्ट है कि अहल्या ने इन्द्र को पहचानने के पश्चात् ही अपनी स्वीकृति दी थी। देखियेः

तस्यान्तरं विदित्वा च सहस्त्राक्षः शचीपतिः।
मुनिवेषधरो भूत्वा अहल्यामिदमब्रवीत्॥17॥

एक दिन जब महर्षि गौतम आश्रम में नहीं थे तब उपयुक्त अवसर जानकर शचीपति इन्द्र मुनिवेष धारण कर वहाँ आये और अहल्या से बोले -

ऋतुकालं प्रतीक्षन्ते नार्थिनः सुसमाहिते।
संगमं त्वहमिच्छामि त्वया सह सुमध्यमे॥18॥

"रति की कामना रखने वाले प्रार्थी पुरुष ऋतुकाल की प्रतीक्षा नहीं करते। हे सुन्दर कटिप्रदेश वाली (सुन्दरी)! मैं तुम्हारे साथ समागम करना चाहता हूँ।"

मुनिवेषं सहस्त्राक्षं विज्ञाय रघुनन्दन।
मतिं चकार दुर्मेधा देवराजकुतुहलात्॥19॥

(इस प्रकार रामचन्द्र जी को कथा सुनाते हुये ऋषि विश्वामित्र ने कहा,) "हे रघुनन्दन! मुनिवेष धारण कर आये हुये इन्द्र को पहचान कर भी उस मतिभ्रष्ट दुर्बुद्धि नारी ने कौतूहलवश (कि देवराज इन्द्र मुझसे प्रणययाचना कर रहे हैं) समागम का प्रस्ताव स्वीकार कर लिया।

संत श्री तुलसीदास जी के रामचरितमानस के अनुसार अहल्या का उद्धार श्री रामचन्द्र जी के चरणधूलि प्राप्त करने से हुई। देखिये (रामचरितमानस बालकाण्ड दोहा क्रमांक 210 के पूर्व की चौपाई से उसके बाद का छंद):

आश्रम एक दीख मग माहीं। खग मृग जीव जंतु तहँ नाहीं।।
पूछा मुनिहि सिला प्रभु देखी। सकल कथा मुनि कहा बिसेषी।।

मार्ग में एक आश्रम दिखाई पड़ा। वहाँ पशु-पक्षी, कोई भी जीव-जन्तु नहीं था। पत्थर की एक शिला को देखकर प्रभु ने पूछा, तब मुनि ने विस्तारपूर्वक सब कथा कही।

दो0-गौतम नारि श्राप बस उपल देह धरि धीर।
चरन कमल रज चाहति कृपा करहु रघुबीर॥210॥

गौतम मुनि की स्त्री अहल्या शापवश पत्थर की देह धारण किया बड़े धीरज से आपके चरणकमलों की धूलि चाहती है। हे रघुवीर! इस पर कृपा कीजिये।

छं0-परसत पद पावन सोक नसावन प्रगट भई तपपुंज सही।
देखत रघुनायक जन सुख दायक सनमुख होइ कर जोरि रही।।

श्रीराम के पवित्र और शोक को नाश करनेवाले चरणों का स्पर्श पाते ही सचमुच वह तपोमूर्ति अहल्या प्रकट हो गई। भक्तों को सुख देने वाले श्री रघुनाथ जी को देख कर वह हाथ जोड़कर सामने खड़ी हो गई।

जबकि वाल्मीकि रामायण के इंकावनवें सर्ग के श्लोक क्रंमाक 16 के अनुसारः

सा हि गौतमवाक्येन दुनिरीक्ष्या बभूव ह।
त्रयाणामपि लोकानां यावद् रामस्य दर्शनम्।
शापस्यान्तमुपागम्य तेषां दर्शनमागता॥

रामचन्द्र के द्वारा देखे जाने के पूर्व, गौतम के शाप के कारण अहल्या का दर्शन तीनों लोकों के किसी भी प्राणी को होना दुर्लभ था। राम का दर्शन मिल जाने से जब उनके शाप का अन्त हो गया, तब वे उन सबको दिखाई देने लगीं।

- **ऋषि विश्वामित्र का पूर्व चरित्र**

राम से मिथिला के राजपुरोहित शतानन्द जी विशेष रूप से प्रभावित हुये।

शतानन्द जी ने कहा, "हे राम! आप बड़े सौभाग्यशाली हैं कि आपको विश्वामित्र जी गुरु के रूप में प्राप्त हुये हैं। वे बड़े ही प्रतापी और तेजस्वी महापुरुष हैं। ब्राह्मणत्व की प्राप्ति के पूर्व ऋषि विश्वामित्र बड़े पराक्रमी और प्रजावत्सल नरेश थे। प्रजापति के पुत्र कुश, कुश के पुत्र कुशनाभ और कुशनाभ के पुत्र राजा गाधि थे। ये सभी शूरवीर, पराक्रमी और धर्मपरायण थे। विश्वामित्र जी उन्हीं गाधि के पुत्र हैं। एक बार राजा विश्वामित्र अपनी सेना के साथ वशिष्ठ ऋषि के आश्रम में गये। चूँकि उस समय वशिष्ठ जी ईश्वरभक्ति में लीन होकर यज्ञ

कर रहे थे, विश्वामित्र जी उन्हें प्रणाम करके वहीं बैठ गये। यज्ञ क्रिया से निवृत होने पर वशिष्ठ जी ने विश्वामित्र जी का बहुत आदर सत्कार किया और उनसे कुछ दिन आश्रम में ही रह कर आतिथ्य ग्रहण करने का अनुरोध किया। इस पर यह सोच कर कि मेरे साथ विशाल सेना है और सेना सहित मेरा आतिथ्य करने में वशिष्ठ जी को कष्ट होगा, विश्वामित्र जी ने नम्रता पूर्वक विदा होने की अनुमति माँगी। किन्तु वशिष्ठ जी के अत्यधिक अनुरोध करने पर थोड़े दिनों के लिये राजा विश्वामित्र को उनका आतिथ्य स्वीकार करने के लिए विवश होना पड़ा।

"राजा विश्वामित्र के आतिथ्य स्वीकार कर लेने पर वशिष्ठ जी ने कामधेनु गौ का आह्वान किया और उससे विश्वामित्र तथा उनकी सेना के लिये छः प्रकार के व्यंजन तथा समस्त प्रकार की सुविधाओं की व्यवस्था करने की प्रार्थना की। उनकी इस प्रार्थना को स्वीकार करके कामधेनु गौ ने सारी व्यवस्था कर दिया। वशिष्ठ जी के अतिथि सत्कार से राजा विश्वामित्र और उनके साथ आये सभी लोग बहुत प्रसन्न हुये।

"कामधेनु गौ का चमत्कार देखकर विश्वामित्र के मन में उस गौ को प्राप्त कर लेने की इच्छा जागृत हुई और उन्होंने वशिष्ठ जी से कहा कि ऋषिश्रेष्ठ! कामधेनु जैसी गौ तो किसी वनवासी के पास नहीं वरन राजा महाराजाओं के पास ही शोभा देती है। अतः आप इसे मुझे दे दीजिये। इसके बदले में मैं आपको सहस्त्रों स्वर्ण मुद्रायें दे सकता हूँ। इस पर वशिष्ठ जी बोले कि राजन! यह गौ ही मेरा जीवन है और इसे मैं किसी भी कीमत पर किसी को नहीं दे सकता।

"वशिष्ठ जी के इस प्रकार कहने पर विश्वामित्र ने बलात् उस गौ को पकड़ लेने की आज्ञा दे दी और सैनिकगण उस गौ को डण्डे से मार मार कर हाँकने लगे। कामधेनु गौ ने क्रोधित होकर अपना बन्धन छुड़ा लिया और वशिष्ठ जी के पास आकर विलाप करने लगी। वशिष्ठ जी बोले कि हे कामधेनु! मैं इस राजा को शाप भी नहीं दे सकता क्योंकि यह राजा मेरा अतिथि है और इसके पास विशाल सेना होने के कारण इससे युद्ध में भी विजय प्राप्त नहीं कर सकता। मैं अत्यन्त विवश हूँ। वशिष्ठ जी के इन वचनों को सुन कर कामधेनु ने कहा कि हे ब्रह्मर्षि! क्या एक ब्राह्मण के बल के सामने क्षत्रिय का बल कभी श्रेष्ठ हो सकता है? आप मुझे आज्ञा दीजिये, मैं एक क्षण में इस क्षत्रिय राजा को उसकी विशाल सेनासहित नष्ट कर दूँगी। कोई अन्य उपाय न देख कर वशिष्ठ जी ने कामधेनु को अनुमति दे दी।

"आज्ञा पाते ही कामधेनु ने योगबल से पह्नव सैनिकों की एक सेना उत्पन्न कर दिया और वह सेना विश्वामित्र की सेना के साथ युद्ध करने लगी। विश्वामित्र जी ने अपने पराक्रम से समस्त पह्नव सेना का विनाश कर डाला। इस पर कामधेनु ने सहस्त्रों शक, हूण, बर्वर, यवन और काम्बोज सैनिक उत्पन्न कर दिया। जब विश्वामित्र ने उन सैनिकों का भी वध कर डाला तो कामधेनु ने मारक शस्त्रास्त्रों से युक्त अत्यंत पराक्रमी योद्धाओं को उत्पन्न किया जिन्होंने शीघ्र ही राजा विश्वामित्र की सेना को गाजर मूली की भाँति काटना आरम्भ कर दिया। अपनी सेना का नाश होते देख विश्वामित्र के सौ पुत्र अत्यन्त कुपित हो वशिष्ठ

जी को मारने दौड़े। परिणाम यह हुआ कि वशिष्ठ जी ने उनमें से एक पुत्र को छोड़ कर शेष सभी को भस्म कर दिया।

"सेना तथा पुत्रों के के नष्ट हो जाने से विश्वामित्र बड़े दुःखी हुये। अपने बचे हुये पुत्र का राजतिलक कर वे तपस्या करने के लिये हिमालय की कन्दराओं में चले गये। वहाँ पर उन्होंने कठोर तपस्या की और महादेव जी को प्रसन्न कर लिया। महादेव जी को प्रसन्न पाकर विश्वामित्र ने उनसे समस्त दिव्य शक्तियों के साथ सम्पूर्ण धनुर्विद्या के ज्ञान का वरदान प्राप्त कर लिया।

"इस प्रकार सम्पूर्ण धनुर्विद्या का ज्ञान प्राप्त करके विश्वामित्र बदला लेने के लिये वशिष्ठ जी के आश्रम में पहुँचे वशिष्ठ जी को ललकार कर उन पर अग्निबाण चला दिया। अग्निबाण से समस्त आश्रम में आग लग गई और आश्रमवासी भयभीत होकर इधर उधर भागने लगे। वशिष्ठ जी ने भी अपना धनुष संभाल लिया और बोले कि मैं तेरे सामने खड़ा हूँ, तू मुझ पर वार कर। आज मैं तेरे अभिमान को चूर-चूर करके बता दूँगा कि क्षात्र बल से ब्रह्म बल श्रेष्ठ है। क्रुद्ध होकर विश्वामित्र ने एक के बाद एक आग्नेयास्त्र, वरुणास्त्र, रुद्रास्त्र, ऐन्द्रास्त्र तथा पाशुपतास्त्र एक साथ छोड़ा जिन्हें वशिष्ठ जी ने अपने मारक अस्त्रों से मार्ग में ही नष्ट कर दिया। इस पर विश्वामित्र ने और भी अधिक क्रोधित होकर मानव, मोहन, गान्धर्व, जूंभण, दारण, वज्र, ब्रह्मपाश, कालपाश, वरुणपाश, पिनाक, दण्ड, पैशाच, क्रौंच, धर्मचक्र, कालचक्र, विष्णुचक्र, वायव्य, मंथन, कंकाल, मूसल, विद्याधर, कालास्त्र आदि सभी अस्त्रों का प्रयोग कर डाला। वशिष्ठ जी ने उन सबको नष्ट करके ब्रह्मास्त्र छोड़ने के लिये जब अपना धनुष उठाया तो सब देव किन्नर आदि भयभीत हो गये। किन्तु वशिष्ठ जी तो उस समय अत्यन्त क्रुद्ध हो रहे थे। उन्होंने ब्रह्मास्त्र छोड़ ही दिया। ब्रह्मास्त्र के भयंकर ज्योति और गगनभेदी नाद से सारा संसार पीड़ा से तड़पने लगा। सब ऋषि-मुनि उनसे प्रार्थना करने लगे कि आपने विश्वामित्र को परास्त कर दिया है। अब आप ब्रह्मास्त्र से उत्पन्न हुई ज्वाला को शान्त करें। इस प्रार्थना से द्रवित होकर उन्होंने ब्रह्मास्त्र को वापस बुलाया और मन्त्रों से उसे शान्त किया।

"पराजित होकर विश्वामित्र मणिहीन सर्प की भाँति पृथ्वी पर बैठ गये और सोचने लगे कि निःसन्देह क्षात्र बल से ब्रह्म बल ही श्रेष्ठ है। अब मैं तपस्या करके ब्राह्मण की पदवी और उसका तेज प्राप्त करूँगा। इस प्रकार विचार करके वे अपनी पत्नीसहित दक्षिण दिशा की ओर चल दिये। उन्होंने तपस्या करते हुये अन्न का त्याग कर केवल फलों पर जीवन-यापन करना आरम्भ कर दिया। उनकी तपस्या से प्रन्न होकर ब्रह्मा जी ने उन्हें राजर्षि का पद प्रदान किया। इस पद को प्राप्त करके भी, यह सोचकर कि ब्रह्मा जी ने मुझे केवल राजर्षि का ही पद दिया महर्षि-देवर्षि आदि का नहीं, वे दुःखी ही हुये। वे विचार करने लगे कि मेरी तपस्या अब भी अपूर्ण है। मुझे एक बार फिर से घोर तपस्या करना चाहिये।"

- **त्रिशंकु की स्वर्गयात्रा**

अपनी वार्ता जारी रखते हुये मिथिला के राजपुरोहित शतानन्द जी ने कहा, "इस बीच इक्ष्वाकु वंश में त्रिशंकु नाम के एक राजा हुये। त्रिशंकु की इच्छा सशरीर स्वर्ग जाने की थी अतः इसके लिए उन्होंने वशिष्ठ जी से यज्ञ करने के लिए कहा। वशिष्ठ जी ने बताया कि कि मुझमें इतनी सामर्थ्य नहीं है कि मैं किसी व्यक्ति को शरीर सहित स्वर्ग भेज सकूँ। वशिष्ठ जी के असमर्थता प्रकट करने पर त्रिशंकु ने यही प्रार्थना वशिष्ठ जी के पुत्रों से भी की जो दक्षिण प्रान्त में घोर तपस्या कर रहे थे। इस पर वशिष्ठ जी के पुत्रों ने कहा कि 'अरे मूर्ख! जिस काम को हमारे पिता नहीं कर सके तू उसे हम से कराना चाहता है। ऐसा प्रतीत होता है कि तू हमारे पिता का अपमान करने के लिये यहाँ आया है।' उनके इस प्रकार कहने से त्रिशंकु ने क्रोधित होकर वशिष्ठ जी के पुत्रों को अपशब्द कहे। वशिष्ठ जी के पुत्रों ने रुष्ट होकर त्रिशंकु को चाण्डाल हो जाने का शाप दे दिया।

"शाप के कारण त्रिशंकु का सुन्दर शरीर काला पड़ गया। सिर के बाल चाण्डालों जैसे छोटे छोटे हो गये। गले में हड्डियों की माला पड़ गई। हाथ पैरों में लोहे की कड़े पड़ गये। त्रिशंकु का ऐसा वेश देखकर उनके मन्त्री तथा दरबारी उनका साथ छोड़कर चले गये। फिर भी उन्होंने सशरीर स्वर्ग जाने की इच्छा का परित्याग नहीं किया। वे विश्वामित्र के पास जाकर बोले कि ऋषिराज! आप महान तपस्वी हैं। मेरी सशरीर स्वर्ग जाने की इच्छा को पूर्ण करके मुझे कृतार्थ कीजिये। विश्वामित्र ने कहा कि राजन्! तुम मेरी शरण में आये हो। मैं तुम्हारी इच्छा अवश्य पूर्ण करूँगा। इतना कहकर विश्वामित्र ने अपने उन चारों पुत्रों को बुलाया जो दक्षिण प्रान्त में अपनी पत्नी के साथ तपस्या करते हुये उन्हें प्राप्त हुये थे और उनसे यज्ञ की सामग्री एकत्रित करने के लिये कहा। उन्होंने अपने शिष्यों के द्वारा वशिष्ठ के पुत्रों सहित वन में रहने वाले सब ऋषि-मुनियों को यज्ञ में सम्मिलित होने के लिये निमन्त्रण भी भिजवा दिया।

"शिष्यों ने लौटकर बताया कि सब ऋषि-मुनियों ने निमन्त्रण स्वीकार कर लिया है किन्तु वशिष्ठ जी के पुत्रों ने यह कहकर निमन्त्रण अस्वीकार कर दिया कि जिस यज्ञ में यजमान चाण्डाल और पुरोहित क्षत्रिय हो उस यज्ञ का भाग हम स्वीकार नहीं कर सकते। यह सुनकर विश्वामित्र जी ने क्रुद्ध होकर कहा कि उन्होंने अकारण ही मेरा अपमान किया है। मैं उन्हें शाप देता हूँ कि उन सबका नाश हो। आज ही वे सब कालपाश में बँध कर यमलोक को जायें और सात सौ वर्षों तक चाण्डाल योनि में विचरण करें। उन्हें खाने के लिये केवल कुत्ते का माँस मिले और सदैव कुरूप बने रहें। इस प्रकार शाप देकर वे यज्ञ की तैयारी में लग गये।"

शतानन्द जी ने आगे कहा, "हे राघव! विश्वामित्र के शाप से वशिष्ठ जी के पुत्र यमलोक सिधार गये। वशिष्ठ जी के पुत्रों के परिणाम से भयभीत सभी ऋषि मुनियों ने यज्ञ में विश्वामित्र का साथ दिया। यज्ञ की समाप्ति पर विश्वामित्र ने सब देवताओं को नाम ले लेकर अपने यज्ञ भाग ग्रहण करने के लिये आह्वान किया किन्तु कोई भी देवता अपना भाग लेने

नहीं आया। इस पर क्रुद्ध होकर विश्वामित्र ने अर्घ्य हाथ में लेकर कहा कि 'हे त्रिशंकु! मैं तुझे अपनी तपस्या के बल से स्वर्ग भेजता हूँ' इतना कह कर विश्वामित्र ने मन्त्र पढ़ते हुये आकाश में जल छिड़का और राजा त्रिशंकु शरीर सहित आकाश में चढ़ते हुये स्वर्ग जा पहुँचे। त्रिशंकु को स्वर्ग में आया देख इन्द्र ने क्रोध से कहा कि 'रे मूर्ख! तुझे तेरे गुरु ने शाप दिया है इसलिये तू स्वर्ग में रहने योग्य नहीं है'। इन्द्र के ऐसा कहते ही त्रिशंकु सिर के बल पृथ्वी पर गिरने लगे और विश्वामित्र से अपनी रक्षा की प्रार्थना करने लगे। विश्वामित्र ने उन्हें वहीं ठहरने का आदेश दिया और वे अधर में ही सिर के बल लटक गये। त्रिशंकु की पीड़ा की कल्पना करके विश्वामित्र ने उसी स्थान पर अपनी तपस्या के बल से स्वर्ग की सृष्टि कर दी और नये तारे तथा दक्षिण दिशा में सप्तर्षि मण्डल बना दिया। इसके बाद उन्होंने नये इन्द्र की सृष्टि करने का विचार किया जिससे इन्द्र सहित सभी देवता भयभीत होकर विश्वामित्र से अनुनय विनय करने लगे। वे बोले कि हमने त्रिशंकु को केवल इसलिये लौटा दिया था कि वे गुरु के शाप के कारण स्वर्ग में नहीं रह सकते थे।

इन्द्र की बात सुन कर विश्वामित्र जी बोले कि मैंने इसे स्वर्ग भेजने का वचन दिया है इसलिये मेरे द्वारा बनाया गया यह स्वर्ग मण्डल हमेशा रहेगा और त्रिशंकु सदा इस नक्षत्र मण्डल में अमर होकर राज्य करेगा। इससे सन्तुष्ट होकर इन्द्रादि देवता अपने अपने स्थानों को वापस चले गये।"

- विश्वामित्र को ब्राह्मणत्व की प्राप्ति

वार्ता जारी रखते हुए शतानन्दजी ने कहा, "हे रामचन्द्र! देवताओं के चले जाने के बाद विश्वामित्र ब्राह्मणत्व प्राप्त करने के लिये पूर्व दिशा में जाकर पुनः कठोर तपस्या करने लगे। बिना अन्न जल ग्रहण किये वर्षों तक तपस्या करते करते उनकी देह सूख कर काँटा बन गई। इस तपस्या को भ़ंग करने के लिए नाना प्रकार के विघ्न उपस्थित हुए किन्तु उन्होंने उन सबका निवारण किया और वह भी बिना क्रोध किये। तपस्या की अवधि समाप्त होने पर जब वे अन्न ग्रहण करने के लिए बैठे। ज्योंही प्रथम ग्रास उठाया भी न था कि ब्राह्मण भिक्षुक के रुप में आकर इन्द्र ने भोजन की याचना की। विश्वामित्र ने अपना भोजन उस याचक को दे दिया और स्वयं निराहार रह गये।

"इन्द्र को भोजन दे देने के पश्चात विश्वामित्र के मन में विचार आया कि सम्भवतः अभी मेरे भोजन ग्रहण करने का अवसर नहीं आया है, इसीलिये याचक के रूप में यह विप्र उपस्थित हो गया। मुझे अभी और तपस्या करना चाहिये। अतएव वे मौनव्रत धारण कर फिर से दीर्घकालीन तपस्या में लीन हो गये। इस बार उन्होंने प्राणायाम से श्वाँस रोक कर महादारुण तप किया। उनके तप से प्रभावित देवताओं ने ब्रह्माजी से निवेदन किया कि भगवन्! विश्वामित्र की तपस्या अब पराकाष्ठा को पहुँच गई है। अब वे क्रोध और मोह की सीमाओं को पार कर गये हैं। अब इनके तेज से सारा संसार प्रकाशित हो उठा है। सूर्य और

चन्द्रमा का तेज भी इनके तेज के सामने फीका पड़ गया है। अतएव आप प्रसन्न होकर इनकी अभिलाषा पूर्ण कीजिये।

"देवताओं के इन वचनों को सुनकर ब्रह्मा जी उन से देवताओं को साथ लेकर विश्वामित्र जी के पास पहुँचे और बोले कि हे विश्वामित्र! निःसन्देह तुम्हारी तपस्या प्रशंसनीय है। हम तुमसे अत्यन्त प्रसन्न हैं और तुम्हें ब्राह्मणश्रेष्ठ की उपाधि प्रदान करते हैं। तुम संसार में महान यश के भागी बनोगे। ब्रह्मा जी से यह वरदान पाकर विश्वामित्र ने कहा कि हे भगवन्! जब आपने मुझे यह वरदान दिया है तो मुझे ओंकार, षट्कार तथा चारों वेदों का ज्ञान भी प्रदान करें। प्रभो! अपनी तपस्या को मैं तभी सफल समझूँगा जब वशिष्ठ जी मुझे ब्राह्मण और ब्रह्मर्षि स्वीकार करेंगे।

"विश्वामित्र की बात सुन कर समस्त देवताओं ने वशिष्ठ जी के पास जाकर उन्हें सारा वृत्तान्त सुनाया। उनकी तपस्या की कथा सुनकर वशिष्ठ जी स्वयं विश्वामित्र के पास पहुँचे और उन्हें अपने हृदय से लगा कर बोले कि विश्वामित्र जी! आप वास्तव में ब्रह्मर्षि हैं। मैं आज से आपको ब्राह्मण स्वीकार करता हूँ।

"हे रघुनन्दन! इतनी कठोर तपस्याओं एवं भारी संघर्ष के पश्चात् विशवामित्र जी ने यह महान पद प्राप्त किया है। ये बड़े विद्वान, धर्मात्मा, तेजस्वी एवं तपस्वी हैं।"

राजा जनक भी शतानन्द द्वारा वर्णित विश्वामित्र जी की कथा सुन रहे थे। वे बोले, "हे कौशिक! मैं आपको और इन राजकुमारों को मिथिला में पाकर कृतार्थ हो गया हूँ। अब अधिक समय व्यतीत हो चला है। भगवान भास्कर अस्ताचल की ओर जा रहे हैं। सन्ध्या-उपासना का समय हो गया है। इसलिये मुझे आज्ञा दीजिये। प्रातःकाल पुनः आपके दर्शन के लिये आउँगा।" इस प्रकार मुनि से आज्ञा ले राजा जनक अपने मन्त्रियों सहित विदा हये। विश्वामित्र जी भी दोनों राजकुमारों के साथ अपने निश्चित स्थान के लिये चल पड़े।

- **धनुष यज्ञ**

मिथिला नरेश के वहाँ से विदा हो जाने पर ऋषि विश्वामित्र राम और लक्ष्मण को लेकर यज्ञ मण्डप में गये। यज्ञ मण्डप को अत्यंत सुरुचि के साथ सजाया गया था। उस भव्य मण्डप को देखकर लगता था मानों वह देवराज इन्द्र का दरबार हो। देश देशान्तर के राजा-महाराजाओं के बैठने की अति सुन्दर व्यवस्था की गई थी। मण्डप के ऊपर बहुमूल्य रत्नों से बने झालरयुक्त आकर्षक वस्त्रों का वितान तना हुआ था। वितान के चारों ओर फहरते हुये पताके मिथिलापति की कीर्ति को प्रदर्शित कर रहे थे। बीच-बीच में रत्नजटित स्तम्भ बनाए गए थे। वेदपाठी ब्रह्मण एवं तपस्वी शान्ति पाठ कर रहे थे। देदीप्यमान वस्त्राभूषणों को धारण किये राजकुमार अपने अपने आसनों पर विराजमान थे। ऐसा लग रहा था मानों सैकड़ों इन्द्र अपने वैभव और सौन्दर्य का प्रदर्शन करने के लिये महाराज जनक की यज्ञ

भूमि में एकत्रित हुये हों। इस सौन्दर्य का अवलोकन करने के लिये जनकपुर की लावण्यमयी रमणियाँ अपने घरों के झरोखों से झाँक रही थीं।

गर्जन-तर्जन करते हये पिनाक को इस मनोमुग्धकारी वातावरण में यज्ञ भूमि में लाया गया। सभी की उत्सुक दृष्टि उसी ओर घूम गई। सहस्त्रों व्यक्ति उस धनुष को एक विशाल गाड़ी में धीरे-धीरे खींच रहे थे। उस विशालकाय बज्र के समान धनुष को देखकर बड़े-बड़े बलवानों का धैर्य छूटने लगा और पसीना आने लगा। पिनाक को यथास्थान पर स्थापित कर दिया गया। राजा जनक के ज्येष्ठ पुत्र सीता एवं उनकी सहेलियों को साथ लेकर धनुष के पास आये और बोले, "हे सम्पूर्ण संसार के राजाओं और राजकुमारों! महाराज जनक ने प्रतिज्ञा की है कि जो कोई भी महादेव जी के इस पिनाक नामक धनुष की प्रत्यंचा को चढ़ायेगा उसके साथ मिथिलापति महाराज जनक अपनी राजकुमारी सीता का विवाह कर देंगे।"

राजा जनक की इस प्रतिज्ञा को सुनकर राजा और राजकुमार बारी बारी से उस धनुष पर प्रत्यंचा चढ़ाने के लिये आये किन्तु भरपूर प्रयास करके भी उस पर प्रत्यंचा चढ़ाना तो दूर उसे हिला भी न सके। अन्त में वे लज्जित हो सिर झुका कर तथा श्रीहीन होकर इस प्रकार अपने-अपने आसनों पर लौट गये जैसे कि नागराज अपनी मणि गवाँकर लौट आते हैं। इस प्रकार एक-एक करके सब राजाओं और राजकुमारों को विफल मनोरथ होकर लौटता देख महाराज जनक को बहुत दुःख हुआ। उन्होंने बड़ी निराशा के साथ मर्मभेदी स्वर में कहा, "सम्पूर्ण संसार के विख्यात शक्तिशाली योद्धा यहाँ विद्यमान हैं, किन्तु बड़े दुःख की बात है कि उनमें से कोई भी पिनाक पर प्रत्यंचा नहीं चढ़ा सका। उनकी इस असफलता को देखकर ऐसा प्रतीत होता है कि पृथ्वी शूरवीर क्षत्रियों से खाली हो गई है। यदि मुझे पहले से ज्ञात होता कि अब इस संसार में वास्तव में कोई क्षत्रिय योद्धा नहीं रहा है तो मैं न तो धनुष यज्ञ का अनुष्ठान करता और न ऐसी प्रतिज्ञा करता। लगता है कि मेरी पुत्री सीता आयुपर्यन्त कुँवारी रहेगी। परमात्मा ने उसके भाग्य में विवाह लिखा ही नहीं है।"

महाराज जनक की यह बात सुनकर उन सभी राजाओं और राजकुमारों ने, जो अपनी असफलता से पहले ही लज्जित हो रहे थे, क्षुब्ध मन से दृष्टि नीचे झुका लिया। राजा जनक के द्वारा की गई इस भर्त्सना का उनके पास कोई उत्तर न था। परन्तु अयोध्या के छोटे राजकुमार लक्ष्मण को मिथिलापति द्वारा समस्त क्षत्रियों पर लगाया गया लांछन सहन नहीं हुआ। कुपित होकर उन्होंने अपनी भृकुटि चढ़ा ली और तीखे शब्दों में बोले, "हे मिथिला के स्वामी राजा जनक! आपके ये शब्द सर्वथा अनुचित और सूर्यकुल तथा रघुवंश का अपमान करने वाले हैं। आश्चर्य है कि आपने ऐसे अपमानजनक शब्द कहने का साहस कैसे किया? जहाँ प्रतापी सूर्यकुल का साधारण व्यक्ति विद्यमान हो वहाँ भी कोई इस प्रकार तिरस्कार भरे शब्द कहने से पूर्व अनेक बार उस पर विचार करता है, फिर यहाँ तो सूर्यकुल के मणि श्री रामचन्द्र साक्षात् विराजमान हैं। आप शिव के इस पुराने पिनाक की इतनी गरिमा सिद्ध करना चाहते हैं। मैं बिना किसी अभिमान के कह सकता हूँ कि इस पुराने धनुष की तो

बात ही क्या है, यदि मैं चाहूँ तो अपनी भुजाओं के बल से इस धनुष के स्वामी महादेव सहित सम्पूर्ण सुमेरु पर्वत को हिला कर रख दूँ। इस विशाल पृथ्वी को अभी इसी समय रसातल में पहुँचा दूँ।" ऐसा कहते हुये लक्षमण के नेत्र क्रोध से लाल हो गये, उनकी भुजाएँ फड़कने लगीं और उनका सम्पूर्ण शरीर क्रोध की ज्वाला के कारण थर थर काँपने लगा।

- **राम द्वारा धनुष भंग**

लक्ष्मण को अत्यन्त क्रुद्ध एवं आवेश में देख कर राम ने संकेत से उन्हें अपने स्थान पर बैठ जाने का निर्देश दिया और गुरु विश्वामित्र की ओर देखने लगे मानो पूछ रहे हों के वर्तमान परिस्थिति में मुझे क्या करना चाहिये। विश्वामित्र ने कहा, "वत्स! लक्ष्मण ने सूर्यकुल की जिस मर्यादा एवं गौरव वर्णन किया है वह सत्य है। अब तुम धनुष पर प्रत्यंचा चढ़ाकर लक्ष्मण के वचन को सिद्ध कर के दिखाओ।"

गुरु की आज्ञा पाकर रामचन्द्र मन्द गति से पग बढ़ाते हुये शिव जी के धनुष के पास पहुँचे। राम को धनुष की ओर जाते देख सीता और उनकी सखियाँ तथा जनकपुरी के समस्त दर्शकगण अत्यंन्त प्रसन्न हुये। किन्तु उनकी प्रसन्नता को संशय ने घेर लिया। वे सोचने लगे कि जब विश्वविख्यात शक्तिशाली राजा और राजकुमार इस शिव जी के धनुष को हिला नहीं सके तो राम जैसे सुकुमार किशोर पिनाक की प्रत्यंचा चढ़ाने में कैसे सफल हो सकेंगे? सीता भी मन ही मन परमात्मा से प्रार्थना करने लगीं कि हे सर्वशक्तिमान! इन्हें इनके उद्देश्य में सफलता प्रदान करने की दया कीजिये। मेरा हृदय भी इनकी ओर आकर्षित हो गया है। अतः इसकी लाज भी आपको ही रखनी है। हे प्रभो! आप अपनी अद्भुत शक्ति से इस धनुष को इतना हल्का कर दीजिये कि यह सरलता से उनके द्वारा उठाया जा सके।

धनुष के पास पहुँचकर राम ने धनुष को बीच से पकड़कर सरलता के साथ उठा लिया और खेल ही खेल में उस पर प्रत्यंचा चढ़ा दी। प्रत्यंचा चढ़ाकर ज्योंही उन्होंने धनुष की डोर पकड़कर कान तक खींची त्योंही वह धनुष भयंकर शोर मचाता हुआ तड़तड़ा कर टूट गया। उस नाद से अधिकांश दर्शक मूर्छित होकर भूमि पर गिर पड़े। सिर्फ विश्वामित्र, राजा जनक, राम, लक्ष्मण आदि कुछ ही ऐसे लोग थे जिन पर इस भयंकर स्थिति का कोई प्रभाव नहीं पड़ा। कुछ काल पश्चात् जब सबकी मूर्छा दूर हुई तो वे राम की सराहना करने लगे।

धनुष भंग हो जाने पर राजा जनक ने विश्वामित्र से कहा, "मुनिवर! मेरी प्रतिज्ञा पूर्ण हुई इसलिये अब मैं सीता का विवाह रामचन्द्र के साथ करना चाहता हूँ। मुझे अपने मंत्रयों और पुरोहित को विवाह का संदेश लेकर महाराजा दशरथ के पास अयोध्या भेजने की आज्ञा दें।"

विश्वामित्र प्रसन्न होकर बोले, "राजन्! आपका ऐसा ही करना ही उचित है। अपने मंत्रियों को यह भी आदेश दे दें कि वे राजा दशरथ को सन्देश दे दें कि दोनों राजकुमार कुशलपूर्वक यहाँ पहुँच गये हैं।"

विश्वामित्र के वचनों से सन्तुष्ट होकर मिथिलापति जनक ने सीता को बुलवाया। वे अपनी सखियों के साथ हाथ में वरमाला लिये मन्थर गति से लजाती हुई वहाँ आईं जहाँ धनुष को तोड़ने के पश्चात श्री रामचन्द्र खड़े थे। सखियों ने मंगल गान प्रारम्भ किया और लज्जा, संकोच एवं हर्ष के भावों से परिपूर्ण सीता जी ने धीरे से श्री राम के गले में वरमाला डाल दी।

- अयोध्या में तैयारियाँ

मिथिलापुरी से अयोध्या तक का मार्ग तीन दिनों में तय करके महाराज जनक के मन्त्री राजा दशरथ के दरबार में पहुँचे। रत्नजटित सिंहासन पर विराजमान महाराज दशरथ का सादर अभिवादन करने के पश्चात् मिथिला के मन्त्री ने कहा, "हे राजन्! मिथिला नरेश ने आपका कुशल समाचार पूछा है और महर्षि विश्वामित्र की आज्ञा से उन्होंने आपके पास यह संदेश भेजा है कि समस्त संसार को ज्ञात है कि मिथिला के राजा जनक की पुत्री सीता अत्यन्त रूपवती, लावण्यमयी एवं समस्त सद्गुणों से सम्पन्न है। राजा जनक ने अपने यहाँ एक यज्ञ किया था। उसमें उन्होंने यह प्रतिज्ञा की थी कि जो कोई भी भगवान शंकर के विख्यात धनुष पिनाक पर प्रत्यंचा चढ़ा देगा उसके साथ वे राजकुमारी सीता का विवाह कर देंगे। उस यज्ञ में महामुनि विश्वामित्र राम और लक्ष्मण दोनों राजकुमारों के साथ जनक पुरी पधारे। राम ने धनुष पर प्रत्यंचा ही नहीं चढ़ा दी, बल्कि उस धनुष के दो टुकड़े भी कर दिये। इस प्रकार उन्होंने अपने अद्वितीय पराक्रम से सीता को प्राप्त कर लिया है। अतः राजा जनक ने आपसे सादर अनुरोध करते हुये यह संदेश भेजा है कि आप अपने समस्त परिजनों, बन्धु-बांधवों, मन्त्रियों एवं पुरोहितों तथा गुरु वशिष्ठ के साथ शीघ्र बारात लेकर मिथिला पधारने की कृपा करें ताकि राजकुमार श्री रामचन्द्र के साथ सौभाग्यकांक्षिणी सीता का विवाह वैदिक रीति से सम्पन्न हो सके और मिथिलेश कन्या के ऋण से उऋण हो सकें।

इस शुभ संदेश को सुनकर महाराज दशरथ अत्यन्त प्रसन्न हुये। राम लक्ष्मण की कुशलता एवं अद्भुत पराक्रम का समाचार सुनकर उनका हृदय विभोर हो गया। वे मन्त्रियों से बोले, "मन्त्रिवर! हमारा हृदय राम और लक्ष्मण से मिलने के लिये बहुत व्याकुल हो रहा है इसलिये आप शीघ्र ही परिजनों एवं दरबार के सभासदों के साथ जनक पुरी चलने की व्यवस्था कीजिये। समस्त बन्धु-बांधवों, राज्य के प्रतिष्ठित सेठ-साहूकारों, विद्वानों आदि सब को बारात में चलने के लिये निमन्त्रण पत्र भिजावाइये। सेनापति जी से कहिये कि वे शीघ्र चतुरंगिणी सेना को तैयार होने का आदेश दें। यदि सम्भव हो तो ऐसी व्यवस्था कीजिये कि हम सब लोग कल ही प्रस्थान कर सकें क्योंकि हमारे समधी मिथिला नरेश ने हमसे बहुत शीघ्र मिथिला पुरी पहुँचने का आग्रह किया है। साथ ही परम पूज्य राजगुरु वशिष्ठ जी, वामदेव, जाबालि, कश्यप, मार्कण्डेय, महर्षि कात्यायन आदि ऋषि-मुनियों से भी यह प्रार्थना करें कि वे कल प्रातःकाल ही हम लोगों के चलने से पहले ही जनक पुरी के लिये

प्रस्थान कर जायें। इस बीच में हम तीनों महारानियों को यह शुभ समाचार देने के लिये जाते हैं।" इतना कह कर राजा दशरथ ने मन्त्रियों को आदेश दिया कि वे मिथिला से आये हुये अतिथियों का उचित सत्कार करें और उनके खान पान, ठहरने आदि का समुचित प्रबन्ध करें। इसके पश्चात् वे स्वयं राजप्रासाद के अन्तःपुर में पहुँचे और तीनों रानियों को बुलाकर यह शुभ संवाद सुनाया। शीघ्र ही यह समाचार सम्पूर्ण अयोध्या नगरी में फैल गया। घर-घर में मंगलगान होने लगे। नृत्य-संगीत का आयोजन होने लगा।

महाराज की आज्ञा पाकर मन्त्रीगण तथा भृत्यगण विवाह की तैयारियों में जुट गये। जन-जन के मन में अद्भुत उत्साह था। ऐसा प्रतीत होता था जैसे प्रत्येक व्यक्ति के भीतर विद्युत का संचार हो गया है। सभी लोग अभूतपूर्व द्रुतगति से समस्त कार्यों को सम्पन्न कर रहे थे। अर्द्धरात्रि होते होते चलने की सारी तैयारियाँ पूर्ण हो गईं और दूसरे दिन दल-बल के साथ राजा दशरथ रवाना हो गये। चार दिनों तक चलने के पश्चात् बारात मिथिला पुरी पहुँची। यह ज्ञात होते ही कि अयोध्या नरेश ऋषि-मुनियों, मन्त्रियों, परिजनों एवं अपनी सम्पूर्ण मण्डली के साथ नगर के निकट आ पहुँचे हैं मिथिला नरेश जनक अपने मन्त्रियों, पुरोहित, मुनियों, विद्वानों आदि को साथ लेकर उनकी अगवानी के लिये नगर के मुख्य द्वार पर जा पहुँचे। उन्होंने बड़े आदर के साथ राजा दशरथ की अभ्यर्थना करते हुये कहा, "हे नृपश्रेष्ठ! आपके दर्शन करके मैं कृतज्ञ हुआ और आपके पदार्पण करने से जनक पुरी की भूमि धन्य हुई। आपने सीता को अपनी कुलवधू के रूप में स्वीकार करके मेरे वंश को सम्मानित किया है। यह मेरा अहोभाग्य है कि आज मिथिला पुरी में महर्षि वशिष्ठ, वामदेव, मार्कण्डेय एवं कात्यायन जैसे परम तपस्वी महात्माओं के चरण पड़े हैं। मैं नहीं समझ पा रहा हूँ कि इस असाधारण सम्मान को पाकर किस प्रकार अपने भाग्य की सराहना करूँ।"

इस प्रकार समस्त आगत महानुभावों का सत्कार करके महाराज दशरथ को उनके साथ आये हुये ऋषि-मुनियों, बन्धु-बांधवों, मन्त्रियों एवं सैनिकों को जनवासे में ठहराने की उचित व्यवस्था की। जनवासे में राजा दशरथ बहुत देर तक मुनि विश्वामित्र और अपने दोनों पुत्रों के साथ बैठे हुये उनके कृत्यों और पराक्रम का विवरण सुनते रहे। इस विवरण को सुनकर कभी वे आनन्द से रोमांचित हो जाते, कभी आश्चर्य से दाँतो तले उँगली दबाने लगते और कभी प्रशंसा से अपने राजकुमारों की पीठ थपथपाने लगते। बातचीत करने के पश्चात् भोजनादि से निवृत होकर वे विश्राम करने चले गये।

- विवाह पूर्व की औपचारिकताएँ

महाराज जनक के कनिष्ठ भ्राता कुशध्वज सांकाश्यपुरी में रहकर राज्य का प्रबन्ध किया करते थे। सीता के विवाह का समाचार पाकर महाराज वे भी सांकाश्यपुरी से मिथिला आ गये। अपने अग्रज महाराज जनक तथा गुरु शतानन्द जी को प्रणाम करने के पश्चात् वे बोले,

“हे भ्राता! अयोध्यापति पधार चुके हैं इसलिये अब विवाह सम्बंधी कार्यों का शुभारम्भ कर देना चाहिये।”

इस पर जनक जी ने शतानन्द जी से कहा, “हे गुरुवर! भाई कुशध्वज के कहने के अनुसार हमें शुभ रीतियों और विधि-विधानों के अनुसार कार्य प्रारम्भ करना चाहिये। अतः आप शीघ्र जाकर अयोध्यापति महाराज दशरथ को राजकुमारों सहित आदरपूर्वक यहाँ लिवा लाइये।” शतानन्द जी जनवासे में महाराज दशरथ के पास पहुँचे और उनसे आदरपूर्वक बोले, “महाराजाधिराज! मिथिला नरेश महाराज जनक अपने कनिष्ठ भ्राता कुशध्वज, परिजनों एवं समस्त मन्त्रियों के साथ आपके दर्शनों के लिये उत्सुक हैं और अपने दरबार में आपकी प्रतीक्षा कर रहे हैं। इसलिये आप अपने मन्त्रियों सहित पधार कर उन्हें कृतार्थ कीजिये।”

राजा जनक का संदेश पाकर राजा दशरथ गुरु वशिष्ठ, मन्त्रियों एवं राजकुमारों के साथ वहाँ पहुँचे जहाँ राजा जनक उनकी प्रतीक्षा कर रहे थे। मिथिलापति ने खड़े होकर उन सबका स्वागत किया और उन्हें बैठने के लिये यथोचित स्थान प्रदान किया। जब सब अपने-अपने स्थानों पर विराजमान हो गये तो इक्ष्वाकु वंश के गुरु वशिष्ठ जी ने राजकुमारों का गोत्र पढ़ना प्रारम्भ किया जो इस प्रकार था -

“आदि रूप स्वयंभू ब्रह्मा जी से मरीचि का जन्म हुआ। मरीचि के पुत्र कश्यप हुये। कश्यप के विवस्वान् और विवस्वान् के वैवस्वत मनु हुये। वैवस्वत मनु के पुत्र इक्ष्वाकु हुये। इक्ष्वाकु ने अयोध्या को अपनी राजधानी बनाया और इस प्रकार इक्ष्वाकु कुल की स्थापना की। इक्ष्वाकु के पुत्र कुक्षि हुये। कुक्षि के पुत्र का नाम विकुक्षि था। विकुक्षि के पुत्र बाण और बाण के पुत्र अनरण्य हुये। अनरण्य से पृथु और पृथु से त्रिशंकु का जन्म हुआ। त्रिशंकु के पुत्र धुन्धुमार हुये। धुन्धुमार के पुत्र का नाम युवनाश्व था। युवनाश्व के पुत्र मान्धाता हुये और मान्धाता से सुसन्धि का जन्म हुआ। सुसन्धि के दो पुत्र हुये – ध्रुवसन्धि एवं प्रसेनजित। ध्रुवसन्धि के पुत्र भरत हुये। भरत के पुत्र असित हुये और असित के पुत्र सगर हुये। सगर के पुत्र का नाम असमञ्ज था। असमञ्ज के पुत्र अंशुमान तथा अंशुमान के पुत्र दिलीप हुये। दिलीप के पुत्र भगीरथ हुये, इन्हीं भगीरथ ने अपनी तपोबल से गंगा को पृथ्वी पर लाया। भगीरथ के पुत्र ककुत्स्थ और ककुत्स्थ के पुत्र रघु हुये। रघु के अत्यंत तेजस्वी और पराक्रमी नरेश होने के कारण उनके बाद इस वंश का नाम रघुवंश हो गया। रघु के पुत्र प्रवृद्ध हुये जो एक शाप के कारण राक्षस हो गये थे, इनका दूसरा नाम कल्माषपाद था। प्रवृद्ध के पुत्र शंखण और शंखण के पुत्र सुदर्शन हुये। सुदर्शन के पुत्र का नाम अग्निवर्ण था। अग्निवर्ण के पुत्र शीघ्रग और शीघ्रग के पुत्र मरु हुये। मरु के पुत्र प्रशुश्रुक और प्रशुश्रुक के पुत्र अम्बरीष हुये। अम्बरीष के पुत्र का नाम नहुष था। नहुष के पुत्र ययाति और ययाति के पुत्र नाभाग हुये। नाभाग के पुत्र का नाम अज था। अज के पुत्र दशरथ हुये और दशरथ के ये चार पुत्र रामचन्द्र, भरत, लक्ष्मण तथा शत्रुघ्न हैं।”

इक्ष्वाकु कुल का वर्णन करने के पश्चात् वशिष्ठ जी ने कहा, “हे राजन्! अब आप भी अपनी वंश परम्परा का परिचय दीजिये क्योंकि विवाह जैसे मांगलिक अवसरों पर दोनों ही

कुल अपने-अपने वंश का परिचय देते हैं।"

महाराज जनक बोले, "महर्षि! आपने सर्वथा उचित बात कही है। अब मैं भी अपने कुल का परिचय देता हूँ। प्राचीन काल में निमि नामक एक धर्मात्मा राजा थे। उनके मिथि नामक पुत्र हुआ जिन्होंने मिथिला बसाई। मिथि के पुत्र का नाम जनक था, उन्हीं के नाम पर मिथिला के राजा लोग जनक कहलाते हैं। जनक के पुत्र उदावसु और उदावसु के पुत्र नन्दिवर्धन हुये। नन्दिवर्धन के पुत्र का नाम शूरवीर था। शूरवीर के पुत्र सुकेतु और सुकेतु के पुत्र देवरात हुये। देवरात के पुत्र का नाम बृहद्रथ था। बृहद्रथ के पुत्र महावीर और महावीर के पुत्र सुधृति हुये। सुधृति के पुत्र का नाम धृष्टकेतु था। धृष्टकेतु के पुत्र हर्यश्व और हर्यश्व के पुत्र मरु हुये। मरु के यहाँ प्रतीन्धक की उत्पत्ति हुई। प्रतीन्धक के पुत्र कीर्तिरथ, कीर्तिरथ के पुत्र देवमीढ़, देवमीढ़ के पुत्र विबुध और विबुध के पुत्र महीन्ध्रक हुये। महीन्ध्रक के पुत्र का नाम कीर्तिरथ था। कीर्तिरथ के पुत्र महारोमा, महारोमा के पुत्र स्वर्णरोमा और स्वर्णरोमा के पुत्र ह्रस्वरोमा हुये। ह्रस्वरोमा के दो पुत्र हुये। उनमें से बड़ा मैं हूँ और मुझसे छोटा कुशध्वज है। हम दोनों भाई इसी प्रदेश में रहकर राजकाज सम्भालते थे। कुछ काल पहले सांकाश्य के पराक्रमी राजा सुधन्वा ने मिथिला पर आक्रमण कर दिया। वह चाहता था कि मैं सीता का विवाह उसके साथ कर दूँ। मैंने उसकी माँग पूरी नहीं की इसलिये उसके साथ मेरा युद्ध हुआ जिसमें सुधन्वा मेरे हाथ से मारा गया। तब से मेरा कनिष्ठ भ्राता कुशध्वज सांकाश्य पर शासन करता है और मैं मिथिला पर। मैं अपनी बड़ी पुत्री सीता का विवाह राजकुमार रामचन्द्र के साथ और छोटी पुत्री उर्मिला का विवाह उनके कनिष्ठ भ्राता लक्ष्मण के साथ करना चाहता हूँ। मैं तीन बार इस बात को दुहराकर अपनी दोनों कन्याएँ आपको वधुओं के रूप में समर्पित करता हूँ।" फिर वे राजा दशरथ से कहने लगे, "हे नृपश्रेष्ठ! अब आप इनसे गौ दान कराकर नान्दीमुख श्राद्ध का कार्य सम्पन्न कीजिये। इसके पश्चात् लोक प्रचलित पद्धति के अनुसार विवाह का कार्य आरम्भ कीजिये। यह अवसर सर्वथा उपयुक्त एवं कल्याणकारी है। आज मघा नक्षत्र है, आज से तीसरे दिन फाल्गुनी नक्षत्र होगा। इससे अधिक उपयुक्त समय विवाह के लिये दूसरा नहीं हो सकता। आप इन दोनों भाइयों के अभ्युदय के लिये गौ, भूमि, स्वर्ण, तिल आदि का दान कराइये।"

राजा जनक के कथन समाप्त होने पर महामुनि विश्वामित्र बोले, "हे राजन्! आप और राजा दशरथ दोनों के ही कुल पूर्णतया धर्मपरायण, कीर्तियुक्त एवं समान हैं। अतः इन दोनों कुलों में विवाह सम्बंध सर्वथा उपयुक्त है। सीता और उर्मिला भी राम और लक्ष्मण के सर्वथा उपयुक्त हैं। आपके कनिष्ठ भ्राता कुशध्वज भी आपकी ही भाँति धर्मपरायण एवं प्रतिभासम्पन्न हैं। इनकी भी दो रूपवती, सुन्दर एवं विवाह योग्य कन्याएँ हैं। हे नरश्रेष्ठ! मैं चाहता हूँ उनका भी विवाह महारज दशरथ के दो योग्य और पराक्रमी पुत्रों, भरत और शत्रुघ्न, के साथ हो जाये।"

विश्वामित्र की बात सुनकर जनक बोले, "हे मुनिवर! आपके इस आदेश को स्वीकारते हुये मैं अपने कुल को धन्य समझता हूँ। आप भरत और शत्रुघ्न को आज्ञा दीजिये कि वे

कुशध्वज की दोनों कन्याओं, माण्डवी एवं श्रुतकीर्ति, को अपनी-अपनी पत्नी के रूप में स्वीकार करें।

इसके बाद मिथिला नरेश से अनुमति लेकर राजा दशरथ वशिष्ठ जी और विश्वामित्र जी के सा जनवासे में लौट गये। दूसरे दिन चारों राजकुमारों ने याचकों को एक एक लाख स्वर्ण मण्डित सींगों वाली गौएँ दान दीं और भी बहुत सारा धन, आभूषण, रत्न आदि ब्रहमणों को दान दिये।

- **विवाह**

दान आदि से निवृत होकर महाराज दशरथ मिथिलेश के राजभवन में जाने की तैयारी करने लगे। तभी भरत के मामा अर्थात् राजा कैकेय के पुत्र युधाजित वहाँ आ पहुँचे। अभिवादन तथा कुशल समाचार जानने की औपचारिकता के पश्चात् उन्होंने कैकेय नरेश का सन्देश देते हुये कहा, "महाराज! हमारे पिताजी को भरत को देखने की उत्कट इच्छा हो रही है। अतः कृपा करके आप कुछ दिन के लिये भरत को मेरे साथ उनके ननिहाल भेज दें। इस संदेश को लेकर मैं अयोध्या गया था किन्तु वहाँ पर ज्ञात हुआ कि आप जनक पुरी गये हुये हैं इसलिए मैं भी यहाँ आ गया। महारज दशरथ ने युधाजित का समुचित सत्कार किया और उन्हें सारा वृत्तान्त सुनाया फिर उन्हें लेकर ऋषियों, मन्त्रियों एवं बन्धु-बान्धवों सहित यज्ञशाला के द्वार पर पहुँचे। थोड़ी देर बाद नाना प्रकार के आभूषणों को धारण किये हुये रामचन्द्र अपने भाइयों भरत, लक्ष्मण और शत्रुघ्न के साथ उनके पास आकर खड़े हो गये। गुरु वशिष्ठ ने जनक के पास जाकर कहा, "हे विदेहराज! महाराज दशरथ अपने पुत्रों के साथ अन्दर आने की अनुमति चाहते हैं।"

इस पर महाराज जनक बोले, "हे महर्षि! इस प्रकार अनुमति माँग कर वे मुझे क्यों लज्जित कर रहे हैं। वे अयोध्या के ही नहीं मिथिला पुरी के भी स्वामी हैं और मैं तो उनका अकिंचन दास हूँ। क्या कभी स्वामी अपने सेवक से आज्ञा माँगता है? उनसे कहिये चारों कन्याएँ विवाह वेदी पर प्रतीक्षारत हैं। वे निःसंकोच अन्दर पधारने का कष्ट करें। शुभ लग्न का समय भी हो रहा है। मैं स्वयं चलकर उन्हें सादर ले आता हूँ। इतना कहकर वे महाराज दशरथ के पास पहुँचे और उन सबको यज्ञ स्थल मे ले आये। सबको यथोचित आसन देकर जनक ने उनकी पूजा की। फिर वशिष्ठ जी से बोले, "हे ब्रहमर्षि! आप इन ऋषि-मुनियों के साथ विवाह कार्य सम्पन्न कराइये। आपसे अधिक योग्य पुरोहित और कौन हो सकता है?"

गुरु वशिष्ठ, महर्षि विश्वामित्र और मिथिला के राजपुरोहित शतानन्द विवाह कार्य सम्पन्न कराने लगे। सबसे पहले वैदिक विधि के अनुसार विवाह के लिये वेदी का निर्माण कराया गया। फिर अनेक प्रकार के सुगन्धयुक्त फूलों से उसे सजाया गया। कुछ दूरी पर चारों ओर गमले सजाये गये जिनमें चित्त को प्रसन्न करने वाली सुगन्धित रंग बिरंगे फूल लगे हुये

थे। वेदी के निकट कई स्थानों पर स्वर्ण पात्रों में धूप, केशर, नैवेद्य, अक्षत, घी, दही, शहद आदि सामग्री रखी हुई थी। यज्ञ सम्पन्न कराने वाले महानुभावों के लिये कुश के आसन बिछा दिया गये। गुरु वशिष्ठ एवं अन्य महर्षियों ने वेद मन्त्रों का उच्चारण करते हुये हवन कुण्ड में अग्नि प्रज्जवलित की। फिर वशिष्ठ जी के आदेश पर राजप्रासाद की महिलाओं ने जनककुमारी सीता को लाकर यज्ञ वेदी के निकट खड़ा कर दिया। उस समय सीता जी का मुखमण्डल प्रातःकालीन बाल रवि की भाँति अनुपम सौन्दर्य से देदीप्यमान हो रहा था। नख से शिख तक वे बहुमूल्य रत्नजटित आभूषणों से सजी हुई थीं। संक्षेप में कहा जाय तो उस समय सीता की छवि को देखकर करोड़ रतियों का संयुक्त रूप भी नगण्य प्रतीत होता था। सीता इन सब बातों से अनजान दृष्टि झुकाये एकटक पृथ्वी को निहार रही थीं।

महाराज जनक अपनी लाडली पुत्री सीता को श्री रामचन्द्र के निकट खड़ा करके विनीत स्वर में बोले, "हे रघुकुलतिलक रामचन्द्र! मैं अपनी पुत्री सीता का हाथ आपके सशक्त हाथों में सौंपते हुये यह कामना करता हूँ कि मेरी पुत्री आपकी अद्‌र्धांगिनी होकर सदैव छाया की भाँति आपका अनुसरण करती रहे। अतः हे कौशल्याकुमार! इसे आप अपनी पत्नी के रूप में स्वीकार कीजिये। आज से यह आपके सुख-दुःख की संगिनी हुई। यह कहकर राजा जनक ने अंजलि में संकल्प के लिये लिया हुआ जल वेद मन्त्रों से पवित्र करके हृदय की सम्पूर्ण भावनाओं के साथ छोड़ दिया। महिलायें मंगलगान करने लगीं। मृदंग दुंदुभी तथा नाना प्रकार के वाद्‌य यन्त्रों का सुमधुर स्वर चारों ओर गूंजकर इस हर्ष पूर्ण घटना की सूचना देने लगा।

राम और सीता के विवाह के सम्पन्न हो जाने के पश्चात् लक्ष्मण, भरत और शत्रुघ्न का विवाह उर्मिला, माण्डवी और श्रुतकीर्ति के साथ वैदिक विधि विधान से सम्पन्न कराया गया। राजा जनक अपने नेत्रों मे स्नेहपूर्ण अश्रु भर कर बोले, "हे अयोध्या के राजकुमारों! आप चारों भाई सूर्यकुल के गौरव, पराक्रमी, धर्मपरायण, तेजस्वी, सौम्य, विद्‌वान एवं सदाचार के गुणों से मण्डित हैं। जनक पुरी के इस राजकुल की हार्दिक कामना है कि उसकी ये चारों कन्याएँ गुण, कर्म, स्वभाव से आपके अनुकूल बनकर सब प्रकार से आपकी सुयोग्य अद्‌र्धांगिनियाँ सिद्‌ध हों। इसके पश्चात् वशिष्ठ जी की आज्ञा से चारों राजकुमारों ने अपने अपनी नवविवाहित पत्नियों के साथ अग्नि की प्रदक्षिणा की।

विवाह सम्पन्न होने के पश्चात् महाराज दशरथ समस्त मन्त्रियों, ऋषि-मुनियों और सपत्नीक राजकुमारों के साथ अपने ठहरने के स्थान पर चले गये। जनक पुरी में रात्रि विश्राम करके प्रातःकाल मुनि विश्वामित्र विदा लेकर उत्तराखण्ड की ओर चले गये। महाराज जनक ने दहेज के रूप में असंख्य दास दासियाँ, हाथी, घोड़े, गौएँ, रत्नजटित आभूषण, वस्त्र, बर्तन आदि नाना प्रकार की वस्तुयें देकर अयोध्यापति दशरथ को विदा किया और उन्हें पहुँचाने के लिये नगर के द्‌वार तक आये। वे हाथ जोड़ कर बड़ी नम्रता के साथ बोले, "हे राजन्! मुझे सब प्रकार से अपना दास समझकर मुझ पर कृपा बनाये रखिये। मैं एक बार फिर आभारपूर्वक कहना चाहता हूँ कि आपने मेरे कुल के साथ सम्बंध स्थापित करके मुझे

गौरवान्वित किया है। मेरी कन्याएँ आपकी आज्ञाकारिणी एवं दोनों कुलों का गौरव बढ़ाने वाली हों। यही मेरी मनोकामना है।" फिर उन्होंने तथा कुशध्वज ने अश्रुपूर्ण नेत्रों से चारों कन्याओं को आशीर्वाद देते हुये विदा किया।

- **परशुराम जी का आगमन**

राजा दशरथ ने राजकुमारों, उनकी पत्नियों, ऋषि-महर्षियों, मन्त्रियों एवं परिजनों के साथ अयोध्या के लिये प्रस्थान किया। प्रस्थान करते ही सभी ओर भयंकर शब्द करने वाले पक्षियों आवाजें सुनाई देने लगीं। पृथ्वी पर विचरण करने वाले वन्य पशु उनकी बाँईं ओर दौड़ने लगे। इस पर दशरथ ने वशिष्ठ जी से कहा, "गुरुदेव! यह कैसी माया है। जहाँ पक्षियों का भयंकर स्वर अपशकुन का सूचक है वहीं मृगों का बाँयें होकर जाना शुभ शकुन की सूचना देता है। दोनों प्रकार के शकुन एक साथ क्यों हो रहे हैं?"

महाराज दशरथ के इस प्रश्न के उत्तर में वशिष्ठ जी बोले, "पक्षियों के भयंकर ध्वनि से ज्ञात होता है कि कोई भय उत्पन्न करने वाली घटना घटने वाली है और मृग आदि पशुओं के इस प्रकार जाने से पता चलता है कि वह भयानक घटना सरलता से शान्त हो जायेगी। इसलिये आप किसी प्रकार की चिन्ता न करें।"

यह वार्तालाप अभी चल ही रहा था कि बड़े जोरों की आँधी आई परिणामस्वरू वृक्ष पृथ्वी पर गिरने लगे। तभी राजा दशरथ को भृगुकुल के ऋषि परशुराम दृष्टिगत हुए। उनकी वेशभूषा बड़ी भयंकर थी। बड़ी बड़ी जटायें उनके तेजस्वी मुख पर बिखरी हुई थीं नेत्रों में क्रोध की लालिमा थी। कन्धे पर कठोर फरसा और हाथों में धनुष बाण थे। ऋषियों ने आगे बढ़ कर उनका स्वागत किया और इस स्वागत को स्वीकार करने के उपरान्त वे श्री रामचन्द्र से बोले "दशरथनन्दन राम! हमें ज्ञात हुआ है कि तुम बड़े पराक्रमी हो और तुमने शिव जी के धनुष को भंग कर दिया है और इस प्रकार तुमने अपूर्व ख्याति प्राप्त की है। मैं तुम्हारे लिये एक और अच्छा धनुष लाया हूँ। यह धनुष साधारण नहीं है बल्कि जमदग्निकुमार परशुराम का है। इस पर बाण चढ़ाकर तुम अपने शौर्य का परिचय दो। तुम्हारे बल और शौर्य को देखने के पश्चात् मैं तुमसे द्वन्द्व युद्ध करूँगा।

परशुराम की बात सुनकर राजा दशरथ विनीत स्वर मे बोले, "भगवन्! आप वेदविद् स्वाध्यायी ब्राह्मण हैं। क्षत्रियों का विनाश करके आप बहुत पहले ही अपने क्रोध को शान्त कर चुके हैं। आपने इन्द्र के समक्ष प्रतिज्ञा करके अस्त्र-शस्त्र का परित्याग भी कर दिया है। इसलिये हे ऋषिराज! आप इन बालकों को अभय दान दीजिये। यदि आपके हाथों राम मारा गया तो हममें से कोई भी उसके वियोग में जीवित नहीं रह सकेगा।"

परशुराम जी ने दशरथ की बात पर कुछ भी ध्यान नहीं दिया। वे राम से बोले, "राम! संसार में केवल दो ही धनुष सर्वश्रेष्ठ माने जाते हैं। सारा संसार उनका सम्मान करता हैं।

विश्वकर्मा ने उन दोनों को स्वयं अपने हाथों से बनाया था। उनमें से एक भगवान शिव के पास था और उसी से भगवान शिव ने त्रिपुरासुर का वध किया था। तुमने उसी धनुष को तोड़ डाला है। दूसरा दिव्य धनुष मेरे हाथ में है। यह भगवान विष्णु का धनुष है। यह भी पिनाक की भाँति ही शक्तिशाली है। एक बार शिव और विष्णु में भयंकर युद्ध हुआ। विष्णु को देवताओं ने श्रेष्ठ मानकर शान्त किया। शान्त होने पर विष्णु ने भृगुवंशी ऋचीक मुनि को धरोहर के रूप में वह धनुष दे दिया। अपने पूर्वपुरुषों से यह धनुष मुझे प्राप्त हुआ है। अब तुम एक क्षत्रिय के नाते इस धनुष को लेकर इस पर बाण चढ़ाओ और सफल होने पर मेरे साथ द्वन्द्व युद्ध करो।"

इस प्रकार से परशुराम के द्वारा बार-बार ललकारे जाने पर रामचन्द्र बोले, "हे भार्गव! मैं ब्राह्मण समझकर आपका सम्मान कर रहा हूँ और आपके समक्ष कुछ विशेष बोल नहीं रहा हूँ। किन्तु आप मेरी इस विनयशीलता को पराक्रमहीनता एवं कायरता समझ रहे हैं और मेरा तिरस्कार कर रहे हैं। लाइये, धनुष बाण मुझे दीजिये।"

यह कह कर उन्होंने झपटकर परशुराम के हाथ से धनुष बाण ले लिये और धनुष पर बाण चढ़ाकर बोले, "हे भृगुनन्दन! ब्राह्मण होने के कारण आप मेरे पूज्य हैं। इसीलिये इस बाण को मैं आप पर नहीं छोड़ सकता। परन्तु धनुष पर चढ़ने के बाद यह बाण कभी निष्फल नहीं जाता। इसका कहीं न कहीं उपयोग करना अनिवार्य हो जाता है। इसलिये मैं इस बाण को छोड़ कर आपकी शीघ्रतापूर्वक सर्वत्र आने-जाने की शक्ति को नष्ट किये देता हूँ।"

श्री राम की बात सुनकर शक्तिहीन हो गए परशुराम जी विनयपूर्वक कहने लगे, "बाण छोड़ने से पूर्व मेरी एक बात सुन लीजिये। क्षत्रियों को नष्ट करके मैंने यह भूमि कश्यप जी को दान में दी थी। उस समय उन्होंने मुझसे कहा था कि अब तुम्हें पृथ्वी पर नहीं रहना चाहिये क्योंकि तुमने पृथ्वी का दान कर दिया है। तभी से मैं गुरुवर कश्यप जी की आज्ञा का पालन करता हुआ कभी भी रात्रि में पृथ्वी पर वास नहीं करता। अतः हे राम! कृपा करके मेरी गमन शक्ति को नष्ट मत करो। मैं मन के समान गति से महेन्द्र पर्वत पर चला जाऊँगा। मुझे ज्ञात है कि इस बाण का प्रयोग निष्फल नहीं जाता, इसलिये आप इस बाण के द्वारा उन अनुपम लोकों को नष्ट कर दें जिन पर मैंने अपनी तपस्या से विजय प्राप्त की है। आपने जिस सरलता से इस धनुष पर बाण चढ़ा दिया है, उससे मुझे विश्वास हो गया है कि आप मधु राक्षस का संहार करने वाले साक्षत विष्णु हैं।"

राम ने परशुराम की प्रार्थना को स्वीकार किया और उनके द्वारा तपस्या के बल पर अर्जित समस्त पुण्यलोकों को नष्ट कर दिया। इसके पश्चात् परशुराम जी तपस्या करने के लिये महेन्द्र पर्वत पर चले गये और वहाँ उपस्थित सभी ऋषि-मुनियों सहित राजा दशरथ ने रामचन्द्र की भूरि भूरि प्रशंसा की।

- **अयोध्या में आगमन**

परशुराम के जाने के पश्चात् पत्नियोंसहित राजकुमारों, गुरु वशिष्ठ, अन्य ऋषि मुनियों, मन्त्रियों तथा परिजनों के साथ महाराज दशरथ अयोध्या की ओर अग्रसर हुए। मन्त्रियों ने शीघ्र ही दो शीघ्रगामी दूतों को सभी के वापस आने की सूचना देने के लिये अयोध्या भेज दिये। दूतों के अयोध्या पहुँचने तथा सूचना देने पर नगर के सभी चौराहों, अट्टालिकाओं, मन्दिरों एवं महत्वपूर्ण मार्गों को नाना भाँति की रंग-बिरंगी ध्वजा-पताकओं से सजाया गया। राजमार्ग पर बड़े बड़े सुरम्य द्वार बनाये गये और उन्हें तोरणों से सजाया गया। मार्गों में केवड़े और गुलाब आदि का जल छिड़का गया। सुन्दर चित्रों, मांगलिक प्रतीकों वन्दनवारों आदि से हाट बाजारों को भी बड़ी सुरुचि के साथ सजाया गया। एक अभूतपूर्व उल्लास छा गया सारी अयोध्या में। अनेक प्रकार के वाद्य बजने लगे। घर-घर में मंगलगान होने लगे।

यह ज्ञात होने पर कि बारात लौटकर अयोध्या के निकट पहुँच गई है तथा नगर के मुख्य द्वार में प्रवेश करने ही वाली है, सुन्दर, सुकुमार, रूपवती, लावण्यमयी कुमारियाँ अनेक रत्नजटित वस्त्राभूषणों से सुसज्जित होकर आगन्तुकों का स्वागत करने के लिये आरतियाँ लेकर पहुँच गईं। महाराज दशरथ और राजकुमारों के, स्वर्णिम फूलों से सुसज्जित सोने के हौदे वाले हाथियों पर बैठकर, नगर में प्रविष्ट होने पर चारों ओर उनकी जयजयकार होने लगी। ऊँची ऊँची अट्टालिकाओं पर बैठी हुई सुन्दर सौभाग्वती रमणियाँ उन पर पुष्पवर्षा करने लगीं। अयोध्या की नववधुओं – सीता, उर्मिला, माण्डवी और श्रुतकीर्ति – को देखने के लिये अट्टालिकाओं की खिड़कियाँ और छज्जे दर्शनोत्सुक युवतियों, कुमारियों से ही नहीं वरन प्रौढ़ाओं एवं वृद्धाओं से भी खचाखच भर गये।

सवारी के राजप्रसाद में पहुँचने पर राजा दशरथ की समस्त रानियों ने द्वार पर आकर अपनी वधुओं की अगवानी की। महारानी कौशल्या, कैकेयी एवं सुमित्रा ने आगे बढ़कर बारी-बारी से चारों वधुओं को अपने हृदय से लगाया और असंख्य हीरे मोती उन पर न्यौछावर करके उपस्थित याचकों में बाँट दिये। फिर मंगलाचार के गीत गाती हुईं चारों राजकुमारों और उनकी अद्र्धांगिनियों को राजप्रासाद के अन्दर ले आईं। इस अपूर्व आनन्द के अवसर पर महाराज दशरथ ने दानादि के लिये कोष के द्वार खोल दिये और मुक्त हस्त से नगरवासी ब्राह्मणों को भूमि, स्वर्ण, रजत, हीरे, मोती, रत्न, गौएँ, वस्त्रादि दान में दिये।

राजकुमारों को राजप्रासाद में रहते कुछ दिन आनन्दपूर्वक व्यतीत हो जाने पर महाराज दशरथ ने भरत को बुलाकर कहा, “वत्स! तुम्हारे मामा युधाजित को आये हुये पर्याप्त समय हो गया है। तुम्हारे नाना-नानी तुम्हें देखने के लिये आकुल हो रहे हैं। अतः तुम कुछ दिनों के लिये अपने ननिहाल चले जाओ।” पिता के आदेशानुसार भरत और शत्रुघ्न ने अपनी माताओं तथा राम और लक्ष्मण से विदा लेकर अपने मामा युधाजित के साथ कैकेय देश के लिये प्रस्थान किया।

राम ने अपने सौम्य स्वभाव, दयालुता और सदाचरण से न केवल अपने प्रासाद के निवासियों का बल्कि समस्त पुर के स्त्री-पुरुषों का हृदय जीत लिया था। वे सबकी आँखों के

तारे थे और अत्यंत लोकप्रिय हो गये थे। परिवार के सदस्य उनकी विनयशीलता, मन्त्रीगण उनकी नीतिनिपुणता, नगरनिवासी उनके शील-सौजन्य और सेवकगण उनकी उदारता का बखान करते नहीं थकते थे। इधर सीता के मधुभाषी स्वभाव, सास-ससुर की सेवा, पातिव्रत्य धर्म आदि सद्गुणों ने भी सभी लोगों के मन को मोह लिया। नगर निवासी राम और सीता की युगल जोड़ी को देखकर अत्यन्त प्रसन्न होते थे। उनके प्रेम और सद्व्यवहार की चर्चा घर-घर में की जाती थी।

॥बालकाण्ड समाप्त॥

2

रामायण सुन्दरकाण्ड

• हनुमान का सागर पार करना - सुन्दरकाण्ड

बड़े बड़े गजराजों से भरे हुए महेन्द्र पर्वत के समतल प्रदेश में खड़े हुए हनुमान जी वहाँ जलाशय में स्थित हुए विशालकाय हाथी के समान जान पड़ते थे। सूर्य, इन्द्र, पवन, ब्रह्मा आदि देवों को प्रणाम कर हनुमान जी ने समुद्र लंघन का दृढ़ निश्चय कर लिया और अपने शरीर को असीमित रूप से बढ़ा लिया। उस समय वे अग्नि के समान जान पड़ते थे।

उन्होंने अपने साथी वानरों से कहा, हे मित्रों! जैसे श्री रामचन्द्र जी का छोड़ा हुआ बाण वायुवेग से चलता है वैसे ही तीव्र गति से मैं लंका में जाऊँगा और वहाँ पहुँच कर सीता जी की खोज करूँगा। यदि वहाँ भी उनका पता न चला तो रावण को बाँध कर रामचन्द्र जी के चरणों में लाकर पटक दूँगा। आप विश्वास रखें कि मैं सर्वथा कृतकृत्य होकर ही सीता के साथ लौटूँगा अन्यथा रावण सहित लंकापुर को ही उखाड़ कर लाउँगा।

इतना कह कर हनुमान आकाश में उछले और अत्यन्त तीव्र गति से लंका की ओर चले। उनके उड़ते ही उनके झटके से साल आदि अनेक वृक्ष पृथ्वी से उखड़ गये और वे भी उनके साथ उड़ने लगे। फिर थोड़ी दूर तक उड़ने के पश्चात् वे वृक्ष एक-एक कर के समुद्र में गिरने लगे। वृक्षों से पृथक हो कर सागर में गिरने वाले नाना प्रकार के पुष्प ऐसे प्रतीत हो रहे थे मानो शरद ऋतु के नक्षत्र जल की लहरों के साथ अठखेलियाँ कर रहे हों। तीव्र गति से उड़ते हुए महाकपि पवनसुत ऐसे प्रतीत हो रहे थे जैसे कि वे महासागर एवं अनन्त आकाश का आचमन करते हुये उड़े जा रहे हैं।

तेज से जाज्वल्यमान उनके नेत्र हिमालय पर्वत पर लगे हुये दो दावानलों का भ्रम उत्पन्न करते थे। कुछ दर्शकों को ऐसा लग रहा था कि आकाश में तेजस्वी सूर्य और चन्द्र दोनों एक साथ जलनिधि को प्रकाशित कर रहे हों। उनका लाल कटि प्रदेश पर्वत के वक्षस्थल पर किसी गेरू के खान का भ्रम पैदा कर रहा था। हनुमान के बगल से जो तेज आँधी भारी स्वर करती हुई निकली थी वह घनघोर वर्षाकाल की मेघों की गर्जना सी प्रतीत होती थी।

आकाश में उड़ते हये उनके विशाल शरीर का प्रतिबम्ब समुद्र पर पड़ता था तो वह उसकी लहरों के साथ मिल कर ऐसा भ्रम उत्पन्न करता था जैसे सागर के वक्ष पर कोई नौका तैरती चली जा रही हो। इस प्रकार हनुमान निरन्तर आकाश मार्ग से लंका की ओर बढ़े जा रहे थे।

हनुमान के अद्‌भुत बल और पराक्रम की परीक्षा करने के लिये देवता, गन्धर्व, सिद्‌ध और महर्षियों ने नागमाता सुरसा के पास जा कर कहा, हे नागमाता! तुम जा कर वायुपुत्र हनुमान की यात्रा में विघ्न डाल कर उनकी परीक्षा लो कि वे लंका में जा कर रामचन्द्र का कार्य सफलता पूर्वक कर पायेंगे या नहीं। ऋषियों के मर्म को समझ कर सुरसा विशालकाय राक्षसनी का रूप धारण कर के समुद्र के मध्य में जा कर खड़ी हो गई और उसने अपने रूप को अत्यन्त विकृत बना लिया। हनुमान को अपने सम्मुख पा कर वह बोली, आज मैं तुम्हें अपना आहार बना कर अपनी क्षुधा को शान्त करूँगी।

मैं चाहती हूँ, तुम स्वयं मेरे मुख में प्रवेश करो ताकि मुझे तुम्हें खाने के लिये प्रयत्न न करना पड़े। सुरसा के शब्दों को सुन कर हनुमान बोले, तुम्हारी इच्छा पूरी करने में मुझे कोई आपत्ति नहीं है, किन्तु इस समय मैं अयोध्या के राजकुमार रामचन्द्र जी के कार्य से जा रहा हूँ। उनकी पत्नी को रावण चुरा कर लंका ले गया है। मैं उनकी खोज करने के लिये जा रहा हूँ तुम भी राम के राज्य में रहती हो, इसलिये इस कार्य में मेरी सहायता करना तुम्हारा कर्तव्य है। लंका से मैं जब अपना कार्य सिद्‌ध कर के लौटूँगा, तब अवश्य तुम्हारे मुख में प्रवेश करूँगा। यह मैं तुम्हें वचन देता हूँ।

हनुमान की प्रतिज्ञा पर ध्यान न देते हुये सुरसा बोली, जब तक तुम मेरे मुख में प्रवेश न करोगे, मैं तुम्हारे मार्ग से नहीं हटूँगी। यह सुन कर हनुमान बोले, अच्छा तुम अपने मुख को अधिक से अधिक खोल कर मुझे निगल लो। मैं तुम्हारे मुख में प्रवेश करने को तैयार हूँ। यह कह कर महाबली हनुमान ने योगशक्ति से अपने शरीर का आकार बढ़ा कर चालीस कोस का कर लिया। सुरसा भी अपूर्व शक्तियों से सम्पन्न थी। उसने तत्काल अपना मुख अस्सी कोस तक फैला लियाा हनुमान ने अपना शरीर एक अँगूठे के समान छोटा कर लिया और तत्काल उसके मुख में घुस कर बाहर निकल आये। फिर बोले, अच्छा सुरसा, तुम्हारी इच्छा पूरी हुई अब मैं जाता हूँ। प्रणाम! इतना कह कर हनुमान आकाश में उड़ गये।

पवनसुत थोड़ी ही दूर गये थे कि सिंहिका नामक राक्षसनी की उन पर दृष्टि पड़ी। वह हनुमान को खाने के लिये लालयित हो उठी। वह छाया ग्रहण विद्‌या में पारंगत थी। जिस किसी प्राणी की छाया पकड़ लेती थी, वह उसके बन्धन में बँधा चला आता था। जब उसने हनुमान की छाया को पकड़ लिया तो हनुमान की गति अवरुद्‌ध हो गई। उन्होंने आश्चर्य से सिंहिका की ओर देखा। वे समझ गये, सुग्रीव ने जिस अद्‌भुत छायाग्राही प्राणी की बात कही थे, सम्भवतः यह वही है। यह सोच कर उन्होंने योगबल से अपने शरीर का विस्तार मेघ के समान अत्यन्त विशाल कर लिया। सिंहिंका ने भी अपना मुख तत्काल आकाश से पाताल तक फैला लिया और गरजती हई उनकी ओर दौड़ी। यह देख कर हनुमान अत्यन्त लघु रूप धारण करके उसके मुख में जा गिरे और अपने तीक्ष्ण नाखूनों से उसके मर्मस्थलों को फाड़

डाला।

इसके पश्चात् बड़ी फुर्ती से बाहर निकल कर आकाश की ओर उड़ चले। राक्षसनी क्षत-विक्षत हो कर समुद्र में गिर पड़ी और मर गई।

- हनुमान जी का लंका में प्रवेश - सुन्दरकाण्ड

चार सौ योजन अलंघनीय समुद्र को लाँघ कर महाबली हनुमान जी त्रिकूट नामक पर्वत के शिखर पर स्वस्थ भाव से खड़े हो गये। कपिश्रेष्ठ ने वहाँ सरल (चीड़), कनेर, खिले हुए खजूर, प्रियाल (चिरौंजी), मुचुलिन्द (जम्बीरी नीबू), कुटज, केतक (केवड़े), सुगन्धपूर्ण प्रियंगु (पिप्पली), नीप (कदम्ब या अशोक), छितवन, असन, कोविदार तथा खिले हुए करवीर भी देखे। फूलों के भार से लदे हुए तथा मुकुलित (अधखिले), बहुत से वृक्ष भी उन्हें दृष्टिगोचर हुए जिनकी डालियाँ झूम रही थीं और जिन पर नाना प्रकार के पक्षी कलरव कर रहे थे।

हनुमान जी धीरे धीरे अद्भुत शोभा से सम्पन्न रावणपालित लंकापुरी के पास पहुँचे। उन्होंने देखा, लंका के चारों ओर कमलों से सुशोभित जलपूरित खाई खुदी हुई है। वह महापुरी सोने की चहारदीवारी से घिरी हुई हैं। श्वेत रंग की ऊँची ऊँची सड़कें उस पुरी को सब ओर से घेरे हुए थीं। सैकड़ों गगनचुम्बी अट्टालिकाएँ ध्वजा-पताका फहराती हुई उस नगरी की शोभा बढ़ा रही हैं।

उस पुरी के उत्तर द्वार पर पहुँच कर वानरवीर हुनमान जी चिन्ता में पड़ गये। लंकापुरी भयानक राक्षसों से उसी प्रकार भरी हुई थी जैसे कि पाताल की भोगवतीपुरी नागों से भरी रहती है। हाथों में शूल और पट्टिश लिये बड़ी बड़ी दाढ़ों वाले बहुत से शूरवीर घोर राक्षस लंकापुरी की रक्षा कर रहे थे।

नगर की इस भारी सुरक्षा, उसके चारों ओर समुद्र की खाई और रावण जैसे भयंकर शत्रु को देखकर हनुमान जी विचार करने लगे कि यदि वानर वहाँ तक आ जायें तो भी वे व्यर्थ ही सिद्ध होंगे क्योंकि युद्ध द्वारा देवता भी लंका पर विजय नहीं पा सकते। रावणपालित इस दुर्गम और विषम (संकटपूर्ण) लंका में महाबाहु रामचन्द्र आ भी जायें तो क्या कर पायेंगे? राक्षसों पर साम, दान और भेद की नीति का प्रयोग असम्भव दृष्टिगत हो रहा है। यहाँ तो केवल चार वेगशाली वानरों अर्थात् बालिपुत्र अंगद, नील, मेरी और बुद्धिमान राजा सुग्रीव की ही पहुँच हो सकती है। अच्छा पहले यह तो पता लगाऊँ कि विदेहकुमारी सीता जीवित भी है या नहीं? जनककिशोरी का दर्शन करने के पश्चात् ही मैं इस विषय में कोई विचार करूँगा।

उन्होंने सोचा कि मैं इस रूप से राक्षसों की इस नगरी में प्रवेश नहीं कर सकता क्योंकि बहुत से क्रूर और बलवान राक्षस इसकी रक्षा कर रहे हैं। जानकी की खोज करते समय मुझे स्वयं को इन महातेजस्वी, महापराक्रमी और बलवान राक्षसों से गुप्त रखना होगा। अतः मुझे रात्रि के समय ही नगर में प्रवेश करना चाहिये और सीता का अन्वेषण का यह

समयोचित कार्य करने के लिये ऐसे रूप का आश्रय लेना चाहिये जो आँख से देखा न जा सके, मात्र कार्य से ही यह अनुमान हो कि कोई आया था।

देवताओं और असुरों के लिये भी दुर्जय लंकापुरी को देखकर हनुमान जी बारम्बार लम्बी साँस खींचते हुये विचार करने लगे कि किस उपाय से काम लूँ जिसमें दुरात्मा राक्षसराज रावण की दृष्टि से ओझल रहकर मैं मिथिलेशनन्दिनी जनककिशोरी सीता का दर्शन प्राप्त कर सकूँ। अविवेकपूर्ण कार्य करनेवाले दूत के कारण बने बनाये काम भी बिगड़ जाते हैं। यदि राक्षसों ने मुझे देख लिया तो रावण का अनर्थ चाहने वाले श्री राम का यह कार्य सफल न हो सकेगा। अतः अपने कार्य की सिद्धि के लिये रात में अपने इसी रूप में छोटा सा शरीर धारण करके लंका में प्रवेश करूँगा और घरों में घुसकर जानकी जी की खोज करूँगा।

ऐसा निश्चय करके वीर वानर हनुमान सूर्यास्त की प्रतीक्षा करने लगे। सूर्यास्त हो जाने पर रात के समय उन्होंने अपने शरीर को छोटा बना लिया और उछलकर उस रमणीय लंकापुरी में प्रवेश कर गये।

- लंका में सीता की खोज - सुन्दरकाण्ड

इस प्रकार से सुग्रीव का हित करने वाले कपिराज हनुमान जी ने लंकापुरी में प्रवेश कर मानो शत्रुओं के सिर पर अपना बायाँ पैर रख दिया। वे राजमार्ग का आश्रय ले उस रमणीय लंकापुरी की और चले। वहाँ पर स्वर्ण निर्मित विशाल भवनों में दीपक जगमगा रहे थे। कहीं नृत्य हो रहा था और कहीं सुरा पी कर मस्त हुये राक्षस अनर्गल प्रलाप कर रहे थे। हनुमान जी ने देखा कि बहुत से राक्षस मन्त्रों का जाप करते हुए स्वाध्याय में तत्पर थे। कोई जटा बढ़ाये तो कोई मूड़ मुड़ाये रावण के अनेक गुप्तचर भी उन्हें दृष्टिगत हुए।

हनुमान जी ने नगर के सब भवनों तथा एकान्त स्थानों को छान डाला, परन्तु कहीं सीता दिखाई नहीं दीं। अन्त में उन्होंने सब ओर से निराश हो कर रावण के उस राजप्रासाद में प्रवेश किया जिसमें लंका के मन्त्री, सचिव एवं प्रमुख सभासद निवास करते थे। उन सब का भली-भाँति निरीक्षण करने के पश्चात् वे रावण के अत्यन्त प्रिय बृहत्शाला की ओर चले। वहाँ की सीढ़ियाँ रत्नजटित थीं। स्वर्ण निर्मित वातायन दीपों के प्रकाश से जगमगा रही थीं।

स्थान-स्थान पर हाथी दाँत का काम किया हुआ था। छतें और स्तम्भ मणियों तथा रत्नों से जड़े हुये थे। इन्द्र के भवन से भी अधिक सुसज्जित इस भव्य शाला को देख कर हनुमान चकित रह गये। उन्होंने एक ओर स्फटिक के सुन्दर पलंग पर रावण को हुए मदिरा के मद में पड़े देखा जो कि अनिंद्य सुन्दरियों से घिरे हए था। उसके नेत्र अर्द्धनिमीलित हो रहे थे। अनेक रमणियों के वस्त्राभूषण अस्त-व्यस्त हो रहे थे और वे सुरा के प्रभाव से अछूती भी नहीं थीं। वहाँ भी सीता को न पा कर पवनसुत बाहर निकल आये।

फिर हनुमान जी ने रावण के अन्य निकट सम्बंधियों के निवास स्थानों में सीता की खोज की किन्तु वहाँ भी उन्हें असफलता ही मिली। तत्पश्चात् हनुमान ने रावण की पटरानी

मन्दोदरी के भवन में प्रवेश किया। अपने शयनागार में मन्दोदरी एक स्फटिक से श्वेत पलंग पर सो रही थी। उसके शय्या के चारों ओर रंग-बिरंगी सुवासित पुष्पमालायें झूल रही थीं। उसके अद्‌भुत रूप, लावण्य, सौन्दर्य एवं यौवन को देख कर हनुमान के मन में विचार आया, सम्भवतः यही जनकनन्दिनी सीता हैं, परन्तु उसी क्षण उनके मन में एक और विचार उठा कि ये सीता नहीं हो सकतीं क्योंकि रामचन्द्र जी के वियोग में पतिव्रता सीता न तो सो सकती हैं और न इस प्रकार आभूषण आदि पहन कर श्रृंगार ही कर सकती हैं। अतएव यह स्त्री अनुपम लावण्यमयी होते हुये भी सीता कदापि नहीं है। यह सोच कर वे उदास हो गये और मन्दोदरी के कक्ष से बाहर निक आये।

अकस्मात् वे सोचने लगे कि आज मैंने पराई स्त्रियों को अस्त-व्यस्त वेष में सोते हुये देख कर भारी पाप किया है। वे इस पर पश्चाताप करने लगे। फिर यह विचार कर उन्होंने अपने मन को शान्ति दी कि उन्हें देख कर मेरे मन में कोई विकार उत्पन्न नहीं हुआ इसलिये यह पाप नहीं है। फिर जिस उद्‌देश्य के लिये मुझे भेजा गया है, उसकी पूर्ति के लिये मुझे अनिवार्य रूप से स्त्रियों का अवलोकन करना पड़ेगा। इसके बिना मैं अपना कार्य कैसे पूरा कर सकूँगा।

फिर वे सोचने लगे मुझे सीता जी कहीं नहीं मिलीं। रावण ने उन्हें मार तो नहीं डाला? यदि ऐसा है तो मेरा सारा परिश्रम व्यर्थ गया। नहीं, मुझे यह नहीं सोचना चाहिये। जब तक मैं लंका का कोना-कोना न छान मारूँ, तब तक मुझे निराश नहीं होना चाहिये। यह सोच कर अब उन्होंने ऐसे-ऐसे स्थानों की खोज आरम्भ की, जहाँ तनिक भी असावधानी उन्हें यमलोक तक पहुँचा सकती थी। उन स्थानों में उन्होंने रावण द्‌वारा हरी गई अनुपम सुन्दर नागकन्याओं एवं किन्नरियों को भी देखा, परन्तु सीता कहीं नहीं मिलीं। सब ओर से निराश हो कर उन्होंने सोचा, मैं बिना सीता जी का समाचार लिये लौट कर किसी को मुख नहीं दिखा सकता। इसलिये यहीं रह कर उनकी खोज करता रहूँगा, अथवा अपने प्राण दे दूँगा। यह सोच कर भी उन्होंने सीता को खोजने का कार्य बन्द नहीं किया।

- हनुमान जी अशोकवाटिका में - सुन्दरकाण्ड

हनुमान जी सीता की खोज के अपने निश्चय पर अडिग हो गये। उन्होंने प्रण कर लिया कि जब तक मैं यशस्विनी श्री रामपत्नी सीता का दर्शन न कर लूँगा तब तक इस लंकापुरी में बारम्बार उनकी खोज करता ही रहूँगा। इधर यह अशोकवाटिका दृष्टिगत हो रही है जिसके भीतर अनेक विशाल वृक्ष हैं। इस वाटिका में मैंने अभी तक अनुसंधान नहीं किया है अतः अब इसी में चलकर जनककुमारी वैदेही को ढूँढना चाहिये।

वह अशोकवाटिका चारों ओर से ऊँचे परकोटों से घिरी हुई थी। अतः वाटिका के भीतर जाने के उद्‌देश्य से हनुमान जी उसकी चहारदीवारी पर चढ़ गये। चहारदीवारी पर बैठे हुए उन्होंने देखा कि वहाँ साल, अशोक, निम्ब और चम्पा के वृक्ष भली-भाँति खिले हुए थे।

बहुवार, नागकेसर और बन्दर के मुँह की भाँति लाल फल देने वाले आम भी पुष्प मञ्जरियों से सुशोभित हो रहे थे। अमराइयों से युक्त वे सभी वृक्ष शत-शत लताओं से आवेष्टित हो रहे थे। हनुमान जी प्रत्यञ्चा से छूटे हुए बाण के समान उछले और उन वृक्षों की वाटिका में जा पहुँचे।

वह विचित्र वाटिका स्वर्ण और रजत के समान वर्ण वाले वृक्षों द्वारा सब ओर से घिरी हुई थी और नाना प्रकार के पक्षियों के कलरव से गुंजायमान हो रही थी। भाँति-भाँति के विहंगमों और मृगसमूहों से उसकी विचित्र शोभा हो रही थी। वह विचित्र काननों से अलंकृत थी और नवोदित सूर्य के समान अरुण रंग की दिखाई देती थी। फूलों और फलों से लदे हुए नाना प्रकार के वृक्षों से व्याप्त हुई उस अशोकवाटिका का मतवाले कोकिल और भ्रमर सेवन करते थे। मृग और द्विज (पक्षी) मदमत्त हो उठते थे। मतवाले मोरों का कलनाद वहाँ निरन्तर गूँजता रहता था।

वाटिका में जहाँ-तहाँ विभिन्न आकारों वाली बावड़ियाँ थीं जो उत्तम जल और मणिमय सोपानों से युक्त थीं। जल के नीचे की फर्श स्फटिक मणि की बनी हुई थी और बावड़ियों के तटों पर तरह-तरह के विचित्र सुवर्णमय वृक्ष शोभा दे रहे थे। उनमें खिले हुए कमलों के वन, चक्रवाकों के जोड़े, पपीहा, हंस और सारस वहाँ की शोभा बढ़ा रहे थे। उस अशोकवाटिका में विश्वकर्मा के बनाये हुए बड़े-बड़े महल और कृत्रम कानन सब ओर से उसकी शोभा बढ़ा रहे थे।

तदन्तर महाकपि हनुमान ने एक सुवर्णमयी शिंशपा (अशोक) वृक्ष देखा जो बहुत से लतावितानों और अगणित पत्तों से व्याप्त था तथा सब ओर से सुवर्णमयी वेदिकाओं से घिरा था। महान वेगशाली हनुमान जी उस अशोक वृक्ष पर यह सोचकर चढ़ गये कि मैं यहीं से श्री रामचन्द्र जी के दर्शन के लिये उत्सुक हुई विदेहनन्दिनी सीता को देखूँगा जो दुःख से आतुर हो इच्छानुसार इधर-उधर आती होंगीं। यह प्रातःकाल की सन्ध्योपासना का समय है और सन्ध्याकालिक उपासना के लिये वैदेही अवश्य ही यहाँ पर पधारेंगी। ऐसा सोचते हुए महात्मा हनुमान जी नरेन्द्रपत्नी सीता के शुभागमन की प्रतीक्षा में तत्पर हो उस अशोकवृक्ष पर छिपे रहकर उस सम्पूर्ण वन पर दृष्टिपात करते रहे।

उस अशोकवाटिका में वानर-शिरोमणि हनुमान ने थोड़ी ही दूर पर एक गोलाकार ऊँचा एक हजार खंभों वाला गोलाकार प्रासाद देखा जो कैलास पर्वत के समान श्वेत वर्ण का था। उसमें मूँगे की सीढ़ियाँ बनीं थीं तथा तपाये हुए सोने की वेदियाँ बनायी गयी थीं। उनकी दृष्टि वहाँ एक सुन्दरी स्त्री पर पड़ी जो मलिन वस्त्र धारण किये राक्षसियों से घिरी हुई बैठी थी। अलंकारशून्य होने के कारण वह कमलों से रहित पुष्करिणी के समान श्रीहीन दिखाई देती थी।

वह शोक से पीड़ित, दुःख से संतप्त और सर्वथा क्षीणकाय हो रही थी। उपवास से दुर्बल हुई उस दुखिया नारी के मुँह पर आँसुओं की धारा बह रही थी। वह शोक और चिन्ता में मग्न हो दीन दशा में पड़ी हुई थी एवं निरन्तर दुःख में ही डूबी रहती थी। काली नागिन के समान

कटि से नीचे तक लटकी हुई एकमात्र काली वेणी द्वारा उपलक्षित होनेवाली वह नारी बादलों के हट जाने पर नीली वनश्रेणी से घिरी हुई पृथ्वी के समान प्रतीत होती थी।

हनुमान जी ने अनुमान किया कि हो-न-हो यही सीता है। इन्हीं के वियोग में दशरथनन्दन राम व्याकुल हो रहे हैं। यह तपस्विनी ही उनके हृदय में अक्षुण्ण रूप से निवास करती हैं। इन्हीं सीता को पुनः प्राप्त करने के लिये रामचन्द्र जी ने वालि का वध कर के सुग्रीव को उनका खोया हुआ राज्य दिलाया है। इन्हीं को खोज पाने के लिये मैंने विशाल सागर को पार कर के लंका के भवन अट्टालिकाओं की खाक छानी है। इस अद्भुत सुन्दरी को प्राप्त करने के लिये रघुनाथ जी सागर पर्वतों सहित यदि सम्पूर्ण धरातल को भी उलट दें तो भी कम है।

ऐसी पतिपरायणा साध्वी देवी के सम्मुख तीनों लोकों का राज्य और चौदह भुवन की सम्पदा भी तुच्छ है। आज यह महा पतिव्रता राक्षसराज रावण के पंजों में फँस कर असह्य कष्ट भोग रही है। मुझे अब इस बात में तनिक भी सन्देह नहीं है कि यह वही सीता है जो अपने देवता तुल्य पति के प्रेम के कारण अयोध्या के सुख-वैभव का परित्याग कर के रामचन्द्र के साथ वन के कष्टों को हँस-हँस कर झेलने के लिये चली आई थीं और जिसे नाना प्रकार के दुःखों को उठा कर भी कभी वन में आने का पश्चाताप नहीं हुआ। वही सीता आज इस राक्षसी घेरे में फँस कर अपने प्राणनाथ के वियोग में सूख-सूख कर काँटा हो गई हैं, किन्तु उन्होंने अपने सतीत्व पर किसी प्रकार की आँच नहीं आने दिया। इसमें सन्देह नहीं, यदि इन्होंने रावण के कुत्सित प्रस्ताव को स्वीकार कर लिया होता तो आज इनकी यह दशा नहीं होती। राम के प्रति इनके मन में कितना अटल स्नेह है, यह इसी बात से सिद्ध होता है कि ये न तो अशोकवाटिका की सुरम्य शोभा को निहार रही हैं और न इन्हें घेर कर बैठी हुई निशाचरियों को। उनकी एकटक दृष्टि पृथ्वी में राम की छवि को निहार रही हों।

सीता की यह दीन दशा देख कर भावुक पवनसुत के नेत्रों से अश्रुधारा प्रवाहित हो चली। वे सुध-बुध भूल कर निरन्तर आँसू बहाने लगे। कभी वे सीता जी की दीन दशा को देखते थे और कभी रामचन्द्र जी के उदास दुःखी मुखण्डल का स्मरण करते थे। इसी विचारधारा में डूबते-उतराते रात्रि का अवसान होने और प्राची का मुखमण्डल उषा की लालिमा से सुशोभित होने लगी। तभी हनुमान को ध्यान आया कि रात्रि समाप्तप्राय हो रही है। वे चैतन्य हो कर ऐसी युक्ति पर विचार करने लगे जिससे वे सीता से मिल कर उनसे वार्तालाप करके उन तक श्री रामचन्द्र जी का सन्देश पहुँचा सकें।

- रावण -सीता संवाद - सुन्दरकाण्ड

इस प्रकार फूले हुए वृक्षों से सुशोभित उस वन की शोभा देखते और विदेहनन्दिनी का अनुसंधान करते हुए हनुमान जी की वह सारी रात प्रायः व्यतीत हो चली। रात्रि जब मात्र एक प्रहर बाकी रही तो रात के उस पिछले प्रहर में छहों अंगोंसहित सम्पूर्ण वेदों के विद्वान तथा

श्रेष्ठ यज्ञों द्वारा यजन करने वाले ब्रह्म-राक्षसों के घर में वेदपाठ की ध्वनि होने लगी जिसे हनुमान जी ने सुना।

तदन्तर मंगल वाद्यों तथा श्रवण-सुखद शब्दों द्वारा महाबाहु दशमुख रावण को जगाया गया। जागने पर महाभागी एवं प्रतापी राक्षसराज रावण ने सबसे पहले विदेहनन्दिनी सीता का चिन्तन किया। सीता के प्रति आसक्त एवं काम से प्रेरित रावण ने सब प्रकार के आभूषण धारण कर तथा परम उत्तम शोभा से सम्पन्न हो अशोकवाटिका में प्रवेश किया। पुलस्त्यनन्दन रावण के पीछे-पीछे लगभग एक सौ सुन्दरियाँ भी थीं।

काम के आधीन एवं मन में सीता की आस लगाये मन्दगति से आगे बढ़ता रावण अद्भुत शोभा पा रहा था। काम, दर्प और मद से युक्त अचिन्त्य बल-पौरुष से सम्पन्न रावण के अशोकवाटिका के द्वार तक पहुँचने पर कपिवर हुनमान जी ने उसे देखा। यद्यपि मतिमान् हनुमान जी अत्यन्त उग्रतेजस्वी थे, तथापि रावण के तेज से तिरस्कृत-से होकर सघन पत्तो में घुसकर छिप गये।

अनिंद्य सुन्दरी राजकुमारी सीता ने जब उत्तमोत्तम आभूषणों से विभूषित तथा रूप-यौवन से सम्पन्न राक्षसराज रावण को आते देखा तो वे प्रचण्ड हवा में हिलने वाली कदली के समान भय के मारे थर-थर काँपने लगीं। सुन्दर कान्ति वाली विशाललोचना जानकी ने अपने जंघाओं से पेट और दोनों भुजाओं से स्तन छिपा लिये और रुदन करने लगीं। निशाचरियों से घिरी आसन रहित भूमि पर शोक-विह्वल दीन सीता को रावण ने ध्यानपूर्वक देखा जो दृष्टि नीची किये एकटक पृथ्वी की ओर देख रही थी।

ऐसी दुःखी जानकी के पास आकर लंकापति रावण हँसता हुआ बोले, हे मृगनयनी! मुझे देख कर तू अपने शरीर को छिपाने का प्रयत्न क्यों कर रही है। स्मरण रख, तेरी इच्छा के बिना मैं कदापि तेरा स्पर्श नहीं करूँगा। तू मुझ पर और मेरे कथन पर विश्वास रख और इस प्रकार दुःखी हो कर अश्रु मत बहा। तेरी यह मलिन, आभूषणरहित वेश-भूषा देख कर मुझे अत्यधिक पीड़ा होती है। तू संसार की सुन्दरियों में शिरोमणि है। अपने इस सौन्दर्य तथा यौवन को व्यर्थ नष्ट मत होने दे। यदि एक बार यह यौवन नष्ट हो गया तो फिर लौट कर नहीं आयेगा। मैं फिर कहता हूँ, तू विश्व की अनुपम सुन्दरी है विधाता की अद्वितीय सृष्टि है। तेरे निर्माण में ब्रह्मा ने अपना सारा कौशल और चतुराई लगा दी।

इसीलिये तेरी रचना में उसने किसी प्रकार की कोई कमी नहीं रखी है। तेरे किस-किस अंग की मैं सराहना करूँ। जिस अंग पर दृष्टि पड़ती है, उसी पर अटक कर रह जाती है। मैं तुझे पूरे हृदय से अपनाना चाहता हूँ। मैं तेरे प्रत्येक अंग का रसास्वादन करना चाहता हूँ। इसी लिये तुझसे कहता हूँ, तू राम का मोह छोड़ दे। मैं तुझे अपनी पटरानी बनाऊँगा। मेरी सब रानियाँ तो तेरी चरणों की दासी बनेंगी ही, मैं भी तेरा दास बन कर रहूँगा। अपने भुजबल से अर्जित सम्पूर्ण सम्पत्ति तेरे चरणों में अर्पित कर दूँगा। जीते हुये समस्त राज्य तेरे पिता जनक को दे दूँगा।

तू वास्तव में इतनी सुन्दर है कि तुझे देख कर तो तुझे बनाने वाला स्वयं विधाता कामवश हो जायेगा, मेरी तो बात ही क्या है? इसलिये तू मेरी बात स्वीकार कर ले। राम से भयभीत होने की आवश्यकता कोई नहीं है। संसार में कोई भी मुझसे लोहा नहीं ले सकता। चल, उठ कर खड़ी हो जा और सुन्दर वस्त्राभूषण धारण कर के मेरे साथ रमण कर। हे कल्याणी! चल कर तू मेरे ऐश्वर्य को देख और उस कंगाल वनवासी को भूल जा। तू ही सोच, राम के पास न राज्य है, न धन है, न कोई दास है, न सेना है और न कोई साधन है। फिर यह भी क्या पता है कि वह अभी जीता है या मर गया। यदि जीवित भी हो तो भी न तो तू उसके पास पहुँच सकती है और न वह स्वयं ही यहाँ आ सकता है। अतएव चिन्ता का परित्याग कर के निश्चिन्त हो कर मेरे साथ रमण कर।

रावण के नीच वचनों को सुन कर मध्य में तृण रख कर जानकी बोलीं, हे लंकेश! तुम्हारे जैसे विद्वान के लिये यह उचित होगा कि तुम अपनी मर्यादाओं का उल्लंघन न करो और मुझसे अपना मन हटा कर अपनी रानियों से प्रेम करो। स्मरण रखो, पापी और नीच भावना रखने वाले पुरुषों को अपने उद्देश्य में कभी सफलता नहीं मिलती। मैं उत्तम कुल में जन्म लेने वाली पतिपरायणा पत्नी हूँ, तुम मुझे मेरे सतीत्व से कदापि विचलित नहीं कर सकते। अपने प्राण रहते मैं तुम्हारे नीचता से परिपूर्ण प्रस्ताव को किसी भी दशा में स्वीकार नहीं कर सकती।

यदि तुममें तनिक भी न्याय-बुद्धि होती तो तुम अन्य स्त्रियों के धर्म की उसी प्रकार रक्षा करते जिस प्रकार अपनी रानियों के सतीत्व की करते हो। क्या इस लंका में ऐसा कोई समझदार व्यक्ति नहीं है जो तुम्हें इस साधारण सी बात का बोध कराये? तुम तो नीतिवान बनते हो, फिर नीति का यह वाक्य कैसे भूल गये कि जिस राजा की इन्द्रियाँ उसके वश में नहीं रहतीं, वह चाहे कितना ही ऐश्वर्यवान हो, अन्त में रसातल को जाता है, उसका सर्वस्व नष्ट हो जाता है। हे दुर्बुद्धे! तूने अभी तक मुझे पहचाना नहीं है। मैं तेरे ऐश्वर्य, राज्य, धन-सम्पत्ति के लोभ में नहीं फँस सकती। तेरा यह कहना भी एक व्यर्थ का प्रलाप है कि मैं रघुकुलमणि रामचन्द्र जी से नहीं मिल सकती। अरे मूर्ख! वे तो सदैव मेरे हृदय में निवास करते हैं।

मुझे कोई उनसे अलग नहीं कर सकता। मेरा उनका ऐसा अटूट सम्बंध है जैसा कि सूर्य का उसकी प्रभा से। इसलिये मैं उनकी हूँ और सदा ही उनकी रहूँगी। यदि तू सोच-समझ कर यह मान ले कि तूने मेरा अपहरण कर के एक भयंकर अपराध किया है और इसलिये मुझे लौटाते हुये तुझे भय लगता है तो मैं तुझे अभयदान देते हुये वचन देती हूँ कि तू मुझे उनके पास पहुँचा दे, मैं तुझे उनसे क्षमा करा दूँगी। यदि तुम अब भी अपनी हठ पर अड़े रहे तो विश्वास करो कि तुम्हारी मृत्य निश्चित है और तुम्हें उनके बाणों से कोई नहीं बचा सकता। इसलिये मैं फिर कहती हूँ कि सावधान हो जाओ। अपने साथ लंका और लंकावासियों का नाश मत करो। इसी में तुम्हारा और तुम्हारे राक्षसकुल का कल्याण है।

- रावण -सीता संवाद 2 - सुन्दरकाण्ड

सीता के ये कठोर वचन सुनकर राक्षसराज रावण ने उन प्रियदर्शना सीता को यह अप्रिय उत्तर दिया, लोक में पुरुष जैसे-जैसे अनुनय-विनय करता है, वैसे-वैसे ही वह उनका प्रिय होता जाता है किन्तु मैं तुमसे ज्यों-ज्यों मीठे वचन बोलता हूँ त्यों-त्यों तुम मेरा तिरस्कार करती जाती हो।

तुम्हारे प्रति जो मेरा प्रेम उत्पन्न हो गया है, वही मेरे क्रोध को रोक रहा है। हे समुखि! यही कारण है कि वध और तिरस्कार के योग्य होने पर भी मैं तुम्हारा वध नहीं कर रहा हूँ। मिथिलेशकुमारी! तुम मुझसे जैसी कठोर बातें कह रही हो, उनके प्रतिकार में तुम्हें कठोर प्राणदण्ड देना ही उचित है। हे सुन्दरि! मैंने तुम्हारे लिये जो अवधि नियुक्त की है उसके अनुसार मुझे दो महीने और प्रतीक्षा करनी है। तत्पश्चात् तुम्हें मेरी शय्या पर आना ही होगा। स्मरण रखो यदि दो महीने बाद तुमने अपना पति स्वीकार नहीं करोगी तो मेरे रसोइये मेरे कलेवे के लिये तुम्हारे टुकड़े-टुकड़े कर डालेंगे।

राक्षसराज रावण के इन वचनों को सुनकर पातिव्रत्य और पति के शौर्य के अभिमान से परिपूर्ण सीता ने कहा, निश्चय ही इस नगर में तेरा भला चाहने वाला कोई भी ऐसा पुरुष नहीं है जो तुझे इस निन्दित कर्म से रोके। नीच राक्षस! तूने अमित तेजस्वी श्री राम की भार्या से जो पाप की बात कही है, उसके परिणामस्वरूप दण्ड से तू कहाँ जाकर छुटकारा पायेगा? मैं धर्मात्मा श्री राम की धर्मपत्नी और महाराज दशरथ की पुत्रवधू हूँ। दशमुख रावण! मेरा तेज ही तुझे भस्म कर डालने के लिये पर्याप्त है। केवल श्रीराम की आज्ञा न होने से और अपनी तपस्या को सुरक्षि रखने के विचार से मैं तुझे भस्म नहीं कर रही हूँ। निःसन्देह तेरे वध के लिये ही विधाता ने यह विधा रच दिया है। तू कितना वीर और पराक्रमी है इसका पता तो मुझे उसी दिन चल गया था, जब तेरे पास इतनी विशाल सेना, बल और तेज होते हुये भी तू मुझे चोरों की भाँति मेरे पति की अनुपस्थिति में चुरा लाया था। क्या इससे तेरी कायरता का पता नहीं चलता।

सीता के मुख से ऐसे अप्रत्याशित एवं अपमानजनक वचन सुनकर रावण का सम्पूर्ण शरीर क्रोध से थर-थर काँपने लगा। उसके नेत्रों से अंगारे बरसाने लगे। वह दहाड़ता हुआ बोला, अन्यायी और निर्धन मनुष्य का अनुसरण करने वाली नारी! जैसे सूर्यदेव अपने तेज से प्रातःकालिक संध्या के अन्धकार को नष्ट कर देते हैं उसी प्रकार मैं तेरा तत्काल विनाश किये देता हूँ।

तत्पश्चात् रावण ने एकाक्षी (एक आँख वाली), एककर्णा (एक कान वाली), अश्वपदी (घोड़े के समान पैर वाली), सिंहमुखी (सिंह के समान मुख वाली) आदि विकराल दिखायी देनेवाली राक्षसियों को सम्बोधित करते हुए कहा, जिस प्रकार भी हो, सीता को मेरे वश में होने के लिये विवश करो। यदि वह प्रेम से न माने तो इसे मनचाहा दण्ड दो ताकि यह हाथ जोड़ कर गिड़गिड़ाती तुई मुझसे प्रार्थाना करे और मुझे अपना पति स्वीकार करे।

राक्षसियों को इस प्रकार आज्ञा देकर काम और क्रोध से व्याकुल हुआ राक्षसराज रावण सीता की ओर देखकर गर्जना करने लगा। रावण को अत्यन्त क्रोधित देखकर मन्दोदरी और धान्यमालिनी नाम की एक अन्य राक्षस-कन्या शीघ्र रावण के पास आयीं और उसका आलिंगन कर बोलीं, हे प्राणनाथ! आप इस कुरूप सीता के लिये क्यों इतने व्याकुल होते हैं? भला इसके फीके पतले अधरों, अनाकर्षक कान्ति और छोटे भद्दे आकार में क्या आकर्षण है? आप चल कर मेरे साथ विहार कीजिये। इस अभागी को मरने दीजिये। इसके ऐसे भाग्य कहाँ जो आप जैसे अपूर्व बलिष्ठ, अद्भुत पराक्रमी, तीनों लोकों के विजेता के साथ रमण-सुख प्राप्त कर सके। नाथ! जो स्त्री आपको नहीं चाहती, उसके पीछे उन्मत्त की भाँति दौड़ने से क्या लाभ? इससे तो व्यर्थ ही मन को दुःख होता है।

जब उन राक्षसियों ने ऐसा कहा और उसे दूसरी ओर हटा ले गयीं तो मेघ के समान काला और बलवान राक्षस रावण जोर-जोर से हँसता हुआ अपने भव्य प्रासाद की ओर चल पड़ा।

- जानकी राक्षसी घेरे में - सुन्दरकाण्ड

राक्षसराज रावण के चले जाने के बार भयानक रूप वाली राक्षसियों ने सीता को घेर लिया और उन्हें अनेक प्रकार से डराने धमकाने लगीं। वे सीता की भर्त्सना करते हुए कहने लगीं, हे मूर्ख अभागिन! हे नीच नारी! तीनों लोकों और चौदह भुवनों को अपने पराक्रम से पराजित करने वाले परम तेजस्वी राक्षसराज की शैया प्रत्येक को नहीं मिलती। यह तो तुम्हारा परम सौभाग्य है कि स्वयं लंकापति तुम्हें अपनी अंकशायिनी बनाना चाहते हैं।

तनिक विचार कर देखो, कहाँ अगाध ऐश्वर्य, स्वर्णपुरी तथा अतुल सम्पत्ति का एकछत्र स्वामी और कहाँ वह राज्य से निकाला हुआ, कंगालों की भाँति वन-वन में भटकने वाला, हतभाग्य साधारण सा मनुष्य! सोच-समझ कर निर्णय करो और महाप्रतापी लंकाधिपति रावण को पति के रूप में स्वीकार करो। उसकी अद्र्धांगिनी बनने में ही तुम्हारा कल्याण है। अन्यथा राम के वियोग में तड़प-तड़प कर मरोगी या राक्षसराज के हाथों मारी जाओगी। तुम्हारा यह कोमल शरीर इस प्रकार नष्ट होने के लिये नहीं है। महाराज रावण के साथ विलास भवन में जा कर रमण करो। महाराज तुम्हें इतना विलासमय सुख देंगे जिसकी तुमने उस कंगाल वनवासी के साथ रहते कल्पना भी नहीं की होगी।

राक्षसियों की ये बातें सुनकर कमलनयनी सीता ने अश्रुपूर्ण नेत्रों से उनकी ओर देख कर कहा, तुम सब का यह लोक-विरुद्ध एवं पापपूर्ण प्रस्ताव मेरे हृदय में क्षणमात्र को भी ठहर नहीं पाता। एक मानवकन्या किसी राक्षस की भार्या नहीं हो सकती। तुम सब लोग भले ही मुझे खा जाओ किन्तु मैं तुम्हारी बात नहीं मान सकती। मेरे पति दीन हों अथवा राज्यहीन, वे ही मेरे स्वामी हैं और मैं सदा उन्हीं में अनुरक्त हूँ तथा आगे भी रहूँगी। जैसे सुवर्चला सूर्य में, महाभागा शची इन्द्र में, अरुन्धती महर्षि वसिष्ठ में, रोहिणि चन्द्र में, सुकन्या च्यवन में, सावित्री सत्यवान में, श्रीमती कपिल में, मदयन्ती सौदास में, केशिनी सगर में और दमयन्ती

नल में अनुराग रखती हैं वैसे ही मैं भी अपने पति इक्ष्वाकुवंशशिरोमणि श्री राम में अनुरक्त हूँ।

सीता के वचन सुन कर राक्षसियों के क्रोध की सीमा न रही। वे रावण की आज्ञानुसार कठोर वचनों द्वारा उन्हें धमकाने लगीं। अशोकवृक्ष में चुपचाप छिपे बैठे हुए हनुमान जी सीता को फटकारती हुई राक्षसियों की बाते सुनते रहे। वे सब राक्षसियाँ कुपित होकर काँपती हुई सीता पर चारों ओर से टूट पड़ीं। उनका क्रोध बहुत बढ़ा हुआ था। राक्षसियों के बारम्बार धमकाने पर सर्वांगसुन्दरी कल्याणी सीता अपने आँसू पोंछती हुई उसी अशोकवृक्ष के नीचे चली आईं जिस पर हनुमान जी छिपे बैठे थे। शोकसागर में डूबी हुईं विशाललोचना वैदेही वहाँ चुपचाप बैठ गईं। वे अत्यन्त दीन व दुर्बल हो गई थीं तथा उनके वस्त्र मलिन हो चुके थे। विकराल राक्षसियाँ फिर उन्हें घेरकर तरह-तरह से धमकाने लगीं।

विकराल रूप वाली राक्षसियों के द्वारा इस प्रकार से धमकाये जाने पर देवकन्या के समान सुन्दरी सीता धैर्य छोड़ कर रोने लगीं। विलाप करते हुए वे कहने लगीं, हे भगवान! अब यह विपत्ति नहीं सही जाती। प्रभो! मुझे इस विपत्ति से छुटकारा दिलाओ, या मुझे इस पृथ्वी से उठा लो। बड़े लोगों ने सच कहा है कि समय से पहले मृत्यु भी नहीं आती। आज मेरी कैसी दयनीय दशा हो गई है। कहाँ अयोध्या का वह राजप्रासाद जहाँ मैं अपने परिजनों तथा पति के साथ अलौकिक सुख भोगती थे और कहाँ यह दुर्दिन जब मैं पति से विमु[illegible]क्त छल द्वारा हरी गई इन राक्षसों के फंदों में फँस कर निरीह हिरणी की भाँति दुःखी हो रही हूँ। आज अपने प्राणेश्वर के बिना मैं जल से निकाली गई मछली की भाँति तड़प रही हूँ।

इतनी भायंकर वेदना सह कर भी मेरे प्राण नहीं निकल रहे हैं। आश्चर्य यह है कि मर्मान्तक पीड़ा सह कर भी मेरा हृदय टुकड़े-टुकड़े नहीं हो गया। मुझ जैसी अभागिनी कौन होगी जो अपने प्राणाधिक प्रियतम से बिछुड़ कर भी अपने प्राणों को सँजोये बैठी है। अभी न जाने कौन-कौन से दुःख मेरे भाग्य में लिखे हैं। न जाने वह दुष्ट रावण मेरी कैसी दुर्गति करेगा। चाहे कुछ भी हो, मैं उस महापातकी को अपने बायें पैर से भी स्पर्श न करूँगी, उसके इंगित पर आत्म समर्पण करना तो दूर की बात है। यह मेरा दुर्भाग्य ही है किस एक परमप्रतापी वीर की भार्या हो कर भी दुष्ट रावण के हाथों सताई जा रही हूँ और वे मेरी रक्षा करने के लिये अभी तक यहाँ नहीं पहुँचे। मेरा तो भाग्य ही उल्टा चल रहा है।

यदि परोपकारी जटायुराज इस नीच के हाथों न मारे जाते तो वे अवश्य राघव को मेरा पता बता देते और वे आ कर रावण का विनाश करके मुझे इस भयानक यातना से मुक्ति दिलाते। परन्तु मेरा मन कह रहा है दि दुश्चरित्र रावण के पापों का घड़ा भरने वाला है। अब उसका अन्त अधिक दूर नहीं है। वह अवश्य ही मेरे पति के हाथों मारा जायेगा। उनके तीक्ष्ण बाण लंका को लम्पट राक्षसों के आधिपत्य से मुक्त करके अवश्य मेरा उद्धार करेंगे। किन्तु उनकी प्रतीक्षा करते-करते मुझे इतने दिन हो गये और वे अभी तक नहीं आये। कहीं ऐसा तो नहीं है कि उन्होंने मुझे मरा हुआ समझ लिया हो और इसलिये अब वे मेरी खोज खबर ही न ले रहे हों। यह भी तो हो सकता है कि दुष्ट मायावी रावण ने जिस प्रकार छल से मेरा हरण

किया, उसी प्रकार उसने छल से उन दोनों भाइयों का वध कर डाला हो। उस दुष्ट के लिये कोई भी नीच कार्य अकरणीय नहीं है। दोनों दशाओं में मेरे जीवित रहने का प्रयोजन नहीं है।

यदि उन्होंने मुझे मरा हुआ समझ लिया है या इस दुष्ट ने उन दोनों का वध कर दिया है तो भी मेरा और उनका मिलन जअब असम्भव हो गया है। जब मैं अपने प्राणेश्वर से नहीं मिल सकती तो मेरा जीवित रहना व्यर्थ है। मैं अभी इसी समय अपने प्राणों का उत्सर्ग करूँगी।

सीता के इन निराशा भरे वचनों को सुन कर पवनपुत्र हनुमान अपने मन में विचार करने लगे कि अब इस बात में कोई सन्देह नहीं है कि यह ही जनकनन्दिनी जानकी हैं जो अपने पति के वियोग में व्यकुल हो रही हैं। यही वह समय है, जब इन्हें धैर्य की सबसे अधिक आवश्यकता है।

- हनुमान सीता भेंट - सुन्दरकाण्ड

पराक्रमी हनुमान जी विचार करने लगे कि सीता का अनुसंधान करते करते मैंने गुप्तरूप से शत्रु की शक्ति का पता लगा लिया है तथा राक्षसराज रावण के प्रभाव का भी निरीक्षण भी कर लिया है। जिन सीता जी को हजारों-लाखों वानर समस्त दिशाओं में ढूँढ रहे हैं, आज उन्हें मैंने पा लिया है। ये शोक के कारण व्याकुल हो रही हैं अतः इन्हें सान्त्वना देना उचित है। परन्तु राक्षसियों की उपस्थिति में इनसे बात करना मेरे लिये ठीक नहीं होगा।

अब मेरे समक्ष समस्या यह है कि मैं अपने इस कार्य को कैसे सम्पन्न करूँ। यदि रात्रि के व्यतीत होते होते मैंने सीता जी को सान्त्वना नहीं दिया तो निःसन्देह ये सर्वथा अपने जीवन का परित्याग कर देंगी। यदि किसी कारणवश मैं सीता से न मिल सका तो मेरा सारा प्रयत्न निष्फल हो जायेगा। रामचन्द्र और सुग्रीव को सीता के यहाँ उपस्थित होने का समाचार देने से भी कोई लाभ नहीं होगा, क्योंकि इनकी दुःखद दशा को देखते हुये यह नहीं कहा जा सकता कि ये किस समय निराश हो कर अपने प्राण त्याग दें। इसलिये उचित यही होगा कि मैं सीता जी, जिनका चित्त अपने स्वामी में ही लगा हुआ है, को श्री राम के गुण गा-गाकर सुनाऊँ जिससे उन्हें मुझ पर विश्वास हो जाये।

इस प्रकार भली-भाँति विचार कर के हनुमान मन्द-मन्द मृदु स्वर में बोलने लगे, इक्ष्वाकुओं के कुल में परमप्रतापी, तेजस्वी, यशस्वी एवं धन-धान्य समृद्ध विशाल पृथ्वी के स्वामी चक्रवर्ती महाराज दशरथ हुये हैं। उनके ज्येष्ठ पुत्र उनसे भी अधिक तेजस्वी, परमपराक्रमी, धर्मपरायण, सर्वगुणसम्पन्न, अतीव दयानिधि श्री रामचन्द्र जी अपने पिता द्वारा की गई प्रतिज्ञा का पालन करने के लिये अपने छोटे भाई लक्ष्मण के साथ जो उतने ही वीर, पराक्रमी और भ्रातृभक्त हैं, चौदह वर्ष की वनवास की अवधि समाप्त करने के लिये अनेक वनों में भ्रमण करते हुये चित्रकूट में आकर निवास करने लगे। उनके साथ उनकी परमप्रिय पत्नी महाराज जनक की लाड़ली सीता जी भी थीं।

वनों में ऋषि-मुनियों को सताने वाले राक्षसों का उन्होंने सँहार किया। लक्ष्मण ने जब दुराचारिणी शूर्पणखा के नाक-कान काट लिये तो उसका प्रतिशोध लेने के लिये उसके भाई खर-दूषण उनसे युद्ध करने के लिये आये जिनको रामचन्द्र जी ने मार गिराया और उस जनस्थान को राक्षसविहीन कर दिया। जब लंकापति रावण को खर-दूषण की मृत्यु का समाचार मिला तो वह अपने मित्र मारीच को ले कर छल से जानकी का हरण करने के लिये पहुँचा।

मायावी मारीच ने एक स्वर्ण मृग का रूप धारण किया, जिसे देख कर जानकी जी मुग्ध हो गईं। उन्होंने राघवेन्द्र को प्रेरित कर के उस माया मृग को पकड़ कर या मार कर लाने के लिये भेजा। दुष्ट मारीच ने मरते-मरते राम के स्वर में हा सीते! हा लक्ष्मण! कहा था। जानकी जी भ्रम में पड़ गईं और लक्ष्मण को राम की सुधि लेने के लिये भेजा। लक्ष्मण के जाते ही रावण ने छल से सीता का अपहरण कर लिया। लौट कर राम ने जब सीता को न पाया तो वे वन-वन घूम कर सीता की खोज करने लगे। मार्ग में वानरराज सुग्रीव से उनकी मित्रता हुई। मुग्रीव ने अपने लाखों वानरों को दसों दिशाओं में जानकी जी को खोजने के लिये भेजा. मुझे भी आपको खोजने का काम सौंपा गया। मैं चार सौ कोस चौड़े सागर को पार कर के यहाँ पहुँचा हूँ। श्री रामचन्द्र जी ने जानकी जी के रूप-रंग, आकृति, गुणों आदि का जैसे वर्णन किया था, उस शुभ गुणों वाली देवी को आज मैंने देख लिया है। इतना कह कर हनुमान चुप हो गये।

उनकी बातें सुनकर जनकनन्दिनी सीता को विस्मययुक्त प्रसन्नता हुई। जब उन्होंने ऊपर-नीचे तथा इधर-उधर दृष्टिपात किया तो शाखा के भीतर छिपे हुए, विद्युतपुञ्ज के सामन अत्यन्त पिंगल वर्ण वाले श्वेत वस्त्रधारी हनुमान जी पर उनकी दृष्टि पड़ी। स्वयं पर सीता जी की दृष्टि पड़ते देख कर मूँगे के समान लाल मुख वाले महातेजस्वी पवनकुमार उस अशोक वृक्ष से नीचे उतर आये। माथे पर अञ्जलि बाँध सीता जी निकट आकर उन्होंने विनीतभाव से दीनतापूर्वक प्रणाम किया और मधुर वाणी में कहा, हे देवि! आप कौन हैं? आपका कोमल शरीर सुन्दर वस्त्राभूषणों से सुसज्जित होने योग्य होते हुये भी आप इस प्रकार का नीरस जीवन व्यतीत कर रही हैं। आपके अश्रु भरे नेत्रों से ज्ञात होता है कि आप अत्यन्त दुःखी हैं।

आपको देख कर ऐसा प्रतीत होता है किस आप आकाशमण्डल से गिरी हुई रोहिणी हैं। आपके शोक का क्या कारण है? कहीं आपका कोई प्रियजन स्वर्ग तो नहीं सिधार गया? कहीं आप जनकनन्दिनी सीता तो नहीं हैं जिन्हें लंकापति रावण जनस्थान से चुरा लाया है? जिस प्रकार आप बार-बार ठण्डी साँसें लेकर हा राम! हा राम! पुकारती हैं, उससे ऐसा अनुमान लगता है कि आप विदेहकुमारी जानकी ही हैं। यदि आप सीता जी ही हैं तो आपका कल्याण हो। आप मुझे सही-सही बताइये, क्या मेरा यह अनुमान सही है?

हनुमान का प्रश्न सुन कर सीता बोली, हे वानरराज! तुम्हारा अनुमान अक्षरशः सही है। मैं जनकपुरी के महाराज जनक की पुत्री, अयोध्या के चक्रवर्ती महाराज दशरथ की पुत्रवधू

तथा परमतेजस्वी धर्मात्मा श्री रामचन्द्र जी की पत्नी हूँ। जब श्री रामचन्द्र जी अपने पिता की आज्ञा से वन में निवास करने के लिये आये तो मैं भी उनके साथ वन में आ गई थी। वन से ही यह दुष्ट पापी रावण छलपूर्वक मेरा अपहरण करके मुझे यहाँ ले आया। वह मुझे निरन्तर यातनाएँ दे रहा है। आज भी वह मुझे दो मास की अवधि देकर गया है। यदि दो मास के अन्दर मेरे स्वामी ने मेरा उद्धार नहीं किया तो मैं अवश्य प्राण त्याग दूँगी। यही मेरे शोक का कारण है। अब तुम मुझे कुछ अपने विषय में बताओ।

- हनुमान का सीता को मुद्रिका देना - सुन्दरकाण्ड

सीता के वचन सुनकर वानरशिरोमणि हनुमान जी ने उन्हें सान्त्वना देते हुए कहा, देवि! मैं श्री रामचन्द्र का दूत हनुमान हूँ और आपके लिये सन्देश लेकर आया हूँ। विदेहनन्दिनी! श्री रामचन्द्र और लक्ष्मण सकुशल हैं और उन्होंने आपका कुशल-समाचार पूछा है। रामचन्द्र जी केवल आपके वियोग में दुःखी और शोकाकुल रहते हैं। उन्होंने मेरे द्वारा आपके पास अपना कुशल समाचार भेजा है और तेजस्वी लक्ष्मण जी ने आपके चरणों में अपना अभिवादन कहलाया है।

पुरुषसिंह श्री राम और लक्ष्मण का समाचार सुनकर देवी सीता के सम्पूर्ण अंगों में हर्षजनित रोमाञ्च हो आया और उनका मुर्झाया हुआ हृदयकमल खिल उठा। विषादग्रस्त मुखमण्डल पर आशा की किरणें प्रदीप्त होने लगीं। इस अप्रत्याशित सुखद समाचार ने उनके मृतप्राय शरीर में नवजीवन का संचार किया। तभी अकस्मात् सीता को ध्यान आया कि राम दूत कहने वाला यह वानर कहीं स्वयं मायावी रावण ही न हो।

यह सोच कर वह वृक्ष की शाखा छोड़ कर पृथ्वी पर चुपचाप बैठ गईं और बोली, हे मायावी! तुम स्वयं रावण हो और मुझे छलने के लिये आये हो। इस प्रकार के छल प्रपंच तुम्हें शोभा नहीं देते और न उस रावण के लिये ही ऐसा करना उचित है। और यदि तुम स्वयं रावण हो तो तुम्हारे जैसे विद्वान, शास्त्रज्ञ पण्डित के लिये तो यह कदापि शोभा नहीं देता। एक बार सन्यासी के भेष में मेरा अपहरण किया, अब एक वानर के भेष में मेरे मन का भेद जानने के लिये आये हो। धिक्कार है तुम पर और तुम्हारे पाण्डित्य पर! यह कहते हुये सीता शोकमग्न होकर जोर-जोर से विलाप करने लगी।

सीता को अपने ऊपर सन्देह करते देख हनुमान को बहुत दुःख हुआ। वे बोले, देवि! आपको भ्रम हुआ है। मैं रावण या उसका गुप्तचर नहीं हूँ। मैं वास्तव में आपके प्राणेश्वर राघवेन्द्र का भेजा हुआ दूत हूँ। अपने मन से सब प्रकार के संशयों का निवारण करें और विश्वास करें कि मुझसे आपके विषय में सूचना पाकर श्री रामचन्द्र जी अवश्य दुरात्मा रावण का विनाश करके आपको इस कष्ट से मुक्ति दिलायेंगे। वह दिन दूर नहीं है जब रावण को अपने कुकर्मों का दण्ड मिलेगा और लक्ष्मण के तीक्ष्ण बाणों से लंकापुरी जल कर भस्मीभूत हो जायेगी। मैं वास्तव में श्री राम का दूत हूँ। वे वन-वन में आपके वियोग में दुःखी होकर

आपको खोजते फिर रहे हैं। मैं फिर कहता हूँ कि भरत के भ्राता श्री रामचन्द्र जी ने आपके पास अपना कुशल समाचार भेजा है और शत्रुघ्न के सहोदर भ्राता लक्ष्मण ने आपको अभिवादन कहलवाया है।

हम सबके लिये यह बड़े आनन्द और सन्तोष की बात है कि राक्षसराज के फंदे में फँस कर भी आप जीवित हैं। अब वह दिन दूर नहीं है जब आप पराक्रमी राम और लक्ष्मण को सुग्रीव की असंख्य वानर सेना के साथ लंकापुरी में देखेंगीं। वानरों के स्वामी सुग्रीव रामचन्द्र जी के परम मित्र हैं। मैं उन्हीं सुग्रीव का मन्त्री हनुमान हूँ, न कि रावण या उसका गुप्तचर, जैसा कि आप मुझे समझ रही हैं। जब रावण आपका हरण करके ला रहा था, उस समय जो वस्त्राभूषण आपने हमें देख कर फेंके थे, वे मैंने ही सँभाल कर रखे थे और मैंने ही उन्हें राघव को दिये थे। उन्हें देख कर रामचन्द्र जी वेदना से व्याकुल होकर विलाप करने लगे थे। अब भी वे आपके बिन वन में उदास और उन्मत्त होकर घूमते रहते हैं। मैं उनके दुःख का वर्णन नहीं कर सकता।

हनुमान के इस विस्तृत कथन को सुन कर जानकी का सन्देह कुछ दूर हुआ, परन्तु अब भी वह उन पर पूर्णतया विश्वास नहीं कर पा रही थीं। वे बोलीं, हनुमान! तुम्हारी बात सुनकर एक मन कहता है कि तुम सच कह रहे हो, मुझे तुम्हारी बात पर विश्वास कर लेना चाहिये। परन्तु मायावी रावण के छल-प्रपंच को देख कर मैं पूर्णतया आश्वस्त नहीं हो पा रही हूँ।

क्या किसी प्रकार तुम मेरे इस सन्देह को दूर कर सकते हो? सीता जी के तर्कपूर्ण वचनों को सुन कर हनुमान ने कहा, हे महाभागे! इस मायावी कपटपूर्ण वातावरण में रहते हुये आपका गृदय शंकालु हो गया है, इसके लिये मैं आपको दोष नहीं दे सकता; परन्तु आपको यह विश्वास दिलाने के लिये कि मैं वास्तव में श्री रामचन्द्र जी का दूत हूँ आपको एक अकाट्य प्रमाण देता हूँ। रघुनाथ जी भी यह समझते थे कि सम्भव है कि आप मुझ पर विश्वास न करें, उन्होंने अपनी यह मुद्रिका दी है। इसे आप अवश्य पहचान लेंगी। यह कह कर हनुमान ने रामचन्द्र जी की वह मुद्रिका सीता को दे दी जिस पर राम का नाम अंकित था।

- हनुमान का सीता को धैर्य बँधाना - सुन्दरकाण्ड

पति के हाथ को सुशोभित करने वाली उस मुद्रिका को लेकर सीता जी उसे ध्यानपूर्वक देखने लगीं। उसे देखकर जानकी जी को इतनी प्रसन्नता हुई मानो स्वयं उनके पतिदेव ही उन्हें मिल गये हों। उनका लाल, सफेद और विशाल नेत्रों से युक्त मनोहर मुख हर्ष से खिल उठा, मानो चन्द्रमा राहु के ग्रण से मुक्त हो गया हो। पूर्णरूप से सन्तुष्ट हो कर वे हनुमान के साहसपूर्ण कार्य की सराहना करती हुई बोलीं, हे वानरश्रेष्ठ! तुम वास्तव में अत्यन्त चतुर, साहसी तथा पराक्रमी हो। जो कार्य सहस्त्रों मेधावी व्यक्ति मिल कर नहीं कर सकते, उसे तुमने अकेले कर दिखाया।

तुमने दोनों रघुवंशी भ्राताओं का कुशल समाचार सुना कर मुझ मृतप्राय को नवजीवन प्रदान किया है। हे पवनसुत! मैं समझती हूँ कि अभी मेरे दुःखों का अन्त होने में समय लगेगा। अन्यथा ऐसा क्या कारण है कि विश्वविजय का सामर्थ्य रखने वाले वे दोनों भ्राता अभी तक रावण को मारने में सफल नहीं हुये। कहीं ऐसा तो नहीं है कि दूर रहने के कारण राघवेन्द्र का मेरे प्रति प्रेम कम हो गया हो? अच्छा, यह बताओ क्या कभी अयोध्या से तीनों माताओं और मेरे दोनों देवरों का कुशल समाचार उन्हें प्राप्त होता है? क्या तेजस्वी भरत रावण का नाश करके मुझे छुड़ाने के लिये अयोध्या से सेना भेजेंगे? क्या मैं कभी अपनी आँखों से दुरात्मा रावण को राघव के बाणों से मरता देख सकूँगी? हे वीर! अयोध्या से वन के लिये चलते समय रामचन्द्र जी के मुख पर जो अटल आत्मविश्वास तथा धैर्य था, क्या अब भी वह वैसा ही है?

सीता के इन प्रश्नों को सुन कर हनुमान बोले, हे देवि! जब रघुनाथ जी को आपकी दशा की सूचना मुझसे प्राप्त होगी, तब वे बिना समय नष्ट किये वानरों और रिक्षों की विशाल सेना को लेकर लंकापति रावण पर आक्रमण करके उसकी इस स्वर्णपुरी को धूल में मिला देंगे और आपको इस बंधन से मुक्त करा के ले जायेंगे। आर्ये! आजकल वे आपके ध्यान में इतने निमग्न रहते हैं कि उन्हें अपने तन-बदन की भी सुधि नहीं रहती, खाना पीना तक भूल जाते हैं। उनके मुख से दिन रात हा सीते! शब्द ही सुनाई देते हैं। आपके वियोग में वे रात को भी नहीं सो पाते। यदि कभी नींद आ भी जाय तो हा सीते! कहकर नींद में चौंक पड़ते हैं और इधर-उधर आपकी खोज करने लगते हैं। उनकी यह दशा हम लोगों से देखी नहीं जाती। हम उन्हें धैर्य बँधाने का प्रयास करते हैं, किन्तु हमें सफलता नहीं मिलती। उनकी पीड़ा बढ़ती जाती है।

अपने प्राणनाथ की दशा का यह करुण वर्णन सुनकर जानकी के नेत्रों से अविरल अश्रुधारा बह चली। वे बोलीं, हनुमान! तुमने जो यह कहा है कि वे मेरे अतिरिक्त किसी अन्य का ध्यान नहीं करते इससे तो मेरे स्त्री-हृदय को अपार शान्ति प्राप्त हुई है, किन्तु मेरे वियोग में तुमने उनकी जिस करुण दशा का चित्रण किया है, वह मुझे विषमिश्रित अमृत के समान लगा है और उससे मेरे हृदय को प्राणान्तक पीड़ा पहुँची है। वानरशिरोमणे! दैव के विधान को रोकना प्राणियों के वश की बात नहीं है। यह सब विधाता का विधान है जिसने हम दोनों को एक दूसरे के विरह में तड़पने के लिये छोड़ दिया है।

न जाने वह दिन कब आयेगा जब वे रावण का वध करके मुझ दुखिया को दर्शन देंगे? उनके वियोग में तड़पते हुये मुझे दस मास व्यतीत हो चुके हैं। यदि दो मास के अन्दर उन्होंने मेरा उद्धार नहीं किया तो दुष्ट रावण मुझे मृत्यु के घाट उतार देगा। वह बड़ा कामी तथा अत्याचारी है। वह वासना में इतना अंधा हो रहा है कि वह किसी की अच्छी सलाह मानने को तैयार नही होता। उसी के भाई विभीषण की पुत्री कला मुझे बता रही थी किस उसके पिता विभषण ने रावण से अनेक बार अनुग्रह किया कि वह मुझे वापस मेरे पति के पास पहुँचा दे, परन्तु उसने उसकी एक न मानी। वह अब भी अपनी हठ पर अड़ा हुआ है। मुझे

अब केवल राघव के पराक्रम पर ही विश्वास है, जिन्होंने अकेले ही खर-दूषण को उनके चौदह सहस्त्र युद्धकुशल सेनानियों सहित मार डाला था। देखें, अब वह घड़ी कब आती है जिसकी मैं व्याकुलता से प्रतीक्षा कर रही हूँ। यह कहते युये सीता अपने नेत्रों से आँसू बहाने लगी।

सीता को विलापयुक्त वचन को सुनकर हनुमान ने उन्हें धैर्य बँधाते हुये कहा, देवि! आप दुःखी न हों। मैं आपको विश्वास दिलाता हूँ कि मेरे पहुँचते ही प्रभु वानर सेना सहित लंका पर आक्रमण करके दुष्ट रावण का वध कर आपको मुक्त करा देंगे। मुझे तो यह लंकापति कोई असाधारण बलवान दिखाई नहीं देता।

यदि आप आज्ञा दें तो मैं अभी इसी समय आपको अपनी पीठ पर बिठा कर लंका के परकोटे को फाँद कर विशाल सागर को लाँघता हुआ श्री रामचन्द्र जी के पास पहुँचा दूँ। मैं चाहूँ तो इस सम्पूर्ण लंकापुरी को रावण तथा राक्षसों सहित उठा कर राघव के चरणों में ले जाकर पटक दूँ। इनमें से किसी भी राक्षस में इतनी सामर्थ्य नहीं है कि वह मेरे मार्ग में बाधा बन कर खड़ा हो सके।

• हनुमान का विशाल रूप - सुन्दरकाण्ड

वानरश्रेष्ठ हनुमान के मुख से यह अद्भुत वचन सुनकर सीता जी ने विस्मयपूर्वक कहा, वानरयूथपति हनुमान! तुम्हारा शरीर तो छोटा है तुम इतनी दूरी वाले मार्ग पर मुझे कैसे ले जा सकोगे? तुम्हारे इस दुःसाहस को मैं वानरोचित चपलता ही समझती हूँ।

सीता का अपने प्रति अविश्वास हनुमान को अपना तिरस्कार सा लगा। फिर उन्होंने सोचा कि मेरी शक्ति और सामर्थ्य से अपरिचित होने के कारण ही ये ऐसा कह रही हैं अतः इन्हें यह दिखा देना ही उचित होगा कि मैं अपनी इच्छानुरूप रूप धारण कर सकता हूँ। ऐसा सोचकर वे बुद्धिमान कपिवर उस वृक्ष से नीचे कूद पड़े और सीता जी को विश्वास दिलाने के लिये बढ़ने लगे। क्षणमात्र में उनका शरीर मेरु पर्वत के समान ऊँचा हो गया। वे प्रज्वलित अग्नि के समान तेजस्वी प्रतीत होने लगे। तत्पश्चात् पर्वत के समान विशालकाय, तामे के समान लाल मुख तथा वज्र के समान दाढ़ और नख वाले भयानक महाबली वानरवीर हनुमान विदेहनन्दिनी से बोले, देवि! मुझमें पर्वत, वन, अट्टालिका, चहारदीवारी और नगरद्वार सहित इस लंकापुरी को रावण के साथ ही उठा ले जाने की शक्ति है। अतः हे विदेहनन्दिनी! आपकी आशंका व्यर्थ है। देवि! आप मेरे साथ चलकर लक्ष्मण सहित श्री रघुनाथ जी का शोक दूर कीजिये।

हनुमान के आश्चर्यजनक रूप को विस्मय से देखती हुई सीता जी बोलीं, हे पवनसुत! तुम्हारी शक्ति और सामर्थ्य में अब मुझे किसी प्रकार की शंका नहीं रही है। तुम्हारी गति वायु के समान और तेज अग्नि के समान है। किन्तु मैं तुम्हारे प्रस्ताव को स्वीकार करने में असमर्थ हूँ। मैं अपनी इच्छा से अपने पति के अतिरिक्त किसी अन्य पुरुष के शरीर का स्पर्श नहीं कर सकती। मेरे जीवन में मेरे शरीर का स्पर्श केवल एक परपुरुष ने किया है और वह

दुष्ट रावण है जिसने मेरा हरण करते समय मुझे बलात् अपनी गोद में उठा लिया था। उसकी वेदना से मेरा शरीर आज तक जल रहा है। इसका प्रायश्चित तभी होगा जब राघव उस दुष्ट का वध करेंगे। इसी में मेरा प्रतिशोध और उनकी प्रतिष्ठा है।

जानकी के मुख से ऐसे युक्तियुक्त वचन सुन कर हनुमान का हृदय गद्-गद् हो गया। वे प्रसन्न होकर बोले, हे देवि! महान सती साध्वियों को शोभा देने वाले ऐसे शब्द आप जैसी परम पतिव्रता विदुषी ही कह सकती हैं। आपकी दशा का वर्णन मैं श्री रामचन्द्र जी से विस्तारपूर्वक करूँगा और उन्हें शीघ्र ही लंकापुरी पर आक्रमण करने के लिये प्रेरित करूँगा। अब आप मुझे कोई ऐसी निशानी दे दें जिसे मैं श्री रामचन्द्र जी को देकर आपके जीवित होने का विश्वास दिला सकूँ और उनके अधीर हृदय को धैर्य बँधा सकूँ।

हनुमान के कहने पर सीता जी ने अपना चूड़ामणि खोलकर उन्हें देते हुये कहा, यह चूड़ामणि तुम उन्हें दे देना। इसे देखते ही उन्हें मेरे साथ साथ मेरी माताजी और अयोध्यापति महाराज दशरथ का भी स्मरण हो आयेगा। वे इसे भली-भाँति पहचानते हैं। उन्हें मेरा कुशल समाचार देकर लक्ष्मण और वानरराज सुग्रीव को भी मेरी ओर से शुभकामनाएँ व्यक्त करना।

यहाँ मेरी जो दशा है और मेरे प्रति रावण तथा उसकी क्रूर दासियों का जो व्यवहार है, वह सब तुम अपनी आँखों से देख चुके हो, तुम समस्त विवरण रघुनाथ जी से कह देना। लक्ष्मण से कहना, मैंने तुम्हारे ऊपर अविश्वास करके जो तुम्हें अपने ज्येष्ठ भ्राता के पीछे कटुवचन कह कर भेजा था, उसका मुझे बहुत पश्चाताप है और आज मैं उसी मूर्खता का परिणाम भुगत रही हूँ। पवनसुत! और अधिक मैं क्या कहूँ, तुम स्वयं बुद्धिमान और चतुर हो। जैसा उचित प्रतीत हो वैसा कहना और करना।

जानकी के ऐसा कहने पर दोनों हाथ जोड़ कर हनुमान उनसे विदा लेकर चल दिये।

- हनुमान राक्षस युद्ध - सुन्दरकाण्ड

सीता से विदा ले कर जब हनुमान चले तो वे सोचने लगे कि जानकी का पता तो मैंने लगा लिया, उनको रामचन्द्र जी का संदेश देने के अतिरिक्त उनसे भी राघव के लिये संदेश प्राप्त कर लिया। अब शत्रु की शक्ति का भी ज्ञात कर लेना चाहिये। राक्षसों के प्रति साम, दान और भेद नीति अपनाने से लाभ होना नहीं है अतः मुझे यहाँ दण्ड नीति अपनाने के लिये अपने पराक्रम का प्रदर्शन करना ही उचित जान पड़ता है।

ऐसा सोच कर उन्होंने अशोकवाटिका को विध्वंस करने का विचार किया जो रावण अत्यन्त प्रिय थी। उन्होंने विचार किया जब वह अपनी प्रिय वाटिका को उजड़ने का समाचार सुनेगा तो अवश्य क्रुद्ध होकर अपने वीर सैनिकों को मुझे पकड़ने या मारने के लिये भेजेगा। यह विचार आते ही वे वाटिका के सुन्दर वृक्षों को तोड़ने तथा उखाड़ने, जलाशयों को मथने और पर्वत-शिखरों को चूर-चूर करने लगे। थोड़ी ही देर में वाटिका ऐसे जान पड़ने लगी मानो

वह दावानल से झुलस गई हो। सुन्दर सरोवरों के मणिमय स्फटिक घाटों टूटकर कर मलबे में परिवर्तित हो गये। वाटिका में बनी अट्टालिकाएँ भी उनके विध्वंसक हाथों से न बच सकीं। इस प्रकार उन्होंने अशोकवाटिका को शोकवाटिका बना दिया। सब पक्षी घोसलों से निकल कर आकाश में मँडराने लगे।

जो राक्षसियाँ रात भर सीता पर पहरा देते-देते सो गई थीं, वे भी अब इस शोर को सुन कर जाग गईं और उन्होंने चकित होकर अशोक वाटिका की दुर्दशा को देखा। वे दौड़ी हुईं रावण के पास जाकर बोलीं, हे राजन्! अशोकवाटिका में एक भयंकर वानर घुस आया है। उसने सब वृक्षों को तोड़ कर तहस-नहस कर दिया है। सरोवर के घाटों तथा अट्टालिकाओं को भी तोड़ कर कूड़े का ढेर बना दिया है। जब हमने उसे भगाने का प्रयत्न किया तो वह हमारे ऊपर झपट पड़ा। बड़ी कठिनाई से हम प्राण बचा कर आपके पास तक पहुँच पाई हैं। उस दुष्ट वानर ने तो जानकी के साथ भी न जाने क्या वार्तालाप किया है। हमें उससे बहुत भय लगता है। कहीं वह सीता को भी जान से न मार डाले।

यह समाचार सुन कर रावण प्रज्वलित चिता की भाँति क्रोध से जल उठा। उसकी भृकुटि धनुष की भाँति तन गई। उसने तत्काल अपने अनुचरों को आज्ञा दी कि उस दुष्ट वानर को पकड़ कर मेरे पास लाओ। रावण की आज्ञा मिलते ही अस्सी हजार राक्षस नाना प्रकार के अस्त्र-शस्त्र और लोहे की श्रृंखला लेकर उस उत्पाती वानर को पकड़ने के लिये चल पड़े।

विचित्र गदाओं, परिधों आदि से युक्त वे वेगवान राक्षस अशोकवाटिका के द्वार पर खड़े हुए वानरवीर हनुमान जी पर चारों ओर से इस प्रकार झपटे मानो पतंगे आग पर टूट पड़े हों। तब पर्वत के समान विशाल शरीर वाले तेजस्वी हनुमान ने उच्च स्वर में घोषणा की, महाबली श्री राम तथअ लक्ष्मण की जय हो। श्री राम के द्वारा सुरक्षित राजा सुग्रीव की भी जय हो। मैं महापराक्रमी कोसलनरेश श्री रामचन्द्र जी का दास हूँ। मेरा नाम हनुमान है। मैं वायु का पुत्र शत्रुओं का संहार करने वाला हूँ। तुम मेरे पराक्रम का सामना नहीं कर सकते। मैं लंकापुरी को तहस-नहस कर डालूँगा।

राक्षसों ने उन्हें चारों ओर से घेर लिया और उन पर बर्छे, भाले तथा पत्थर फेंकने लगे। यह देख कर क्रुद्ध हो हनुमान ने कुछ की लातों-घूँसों से पिटाई की और कुछ को अपने नाखूनों तथा दाँतों से चीर डाला। बड़े-बड़े योद्धा इस मार की ताव न लाकर क्षत-विक्षत होकर भूमि पर गिर पड़े। जो अधिक साहसी थे, वे प्राणों का मोह त्याग कर हनुमान पर टूट पड़े। तभी उन्होंने एक छलाँग लगाई और तोरण द्वार से एक लोहे की छड़ निकाल ली।

फिर उस छड़ से उन्होंने वह मार काट मचाई कि बहुत से योद्धा तो वहीं खेत रहे और शेष प्राण बचा कर वहाँ से भाग कर रावण के पास पहुँचे। जब रावण ने इन राक्षसों की ऐसी दशा देखी तो उसका क्रोध और भड़क उठा। उसने प्रहस्त के पुत्र जम्बुवाली को बुला कर कहा, हे वीरश्रेष्ठ! तुम जा कर उस वानर को पकड़ कर ले आओ। यदि वह जीवित न पकड़ा जा सके तो उसे मार डालो। मुझे तुम्हारे बल पर पूरा विश्वास है कि तुम इस कार्य को भली-भाँति कर सकते हो।

रावण की आज्ञा पाकर जम्बुवाली अस्त्र-शस्त्रों से सुसज्जित हो गधों के रथ पर सवार हो हनुमान से युद्ध करने के लिये चला। जब उसने उन्हें तोरण द्वार पर बैठे देखा तो वह दूर से ही उन पर तीक्ष्ण बाण चलाने लगा। जब कुछ बाण पवनपुत्र के शरीर को छेदने लगे तो उन्होंने पास पड़ी हुई एक पाषाणशिला को उखाड़ कर जम्बुवाली की ओर निशाना साधकर फेंका। उस विशाल शिला को अपनी ओर आते देख उस वीर राक्षस ने फुर्ती से दस बाण छोड़कर उसको चूर-चूर कर डाला।

जब हनुमान ने उस शिला को इस प्रकार टूटते देखा तो उन्होंने तत्काल एक विशाल वृक्ष को उखाड़ कर राक्षसों पर आक्रमण किरना आरम्भ कर दिया जिससे बहुत से राक्षस मर कर और कुछ घायल होकर वहीं धराशायी हो गये। अपने सैनिकों को इस प्रकार मरते देख जम्बुवाली ने एक साथ चार बाण छोड़ कर उसका वृक्ष काट डाला और फिर कस बाण छोड़कर हनुमान को घायल कर दिया। जब हनुमान के शरीर से रक्तधारा प्रवाहित होने लगी तो उन्हें बहुत क्रोध आया और वे एक राक्षस से लोहे का मूसल छीन कर जम्बुवाली पर उससे धड़ाधड़ आक्रमण करने लगे जससे उसके घोड़े मर गये, रथ चकनाचूर हो गया और वह स्वयं भी निष्प्राण होकर पृथ्वी पर जा पड़ा।

- मेधनाद हनुमान युद्ध - सुन्दरकाण्ड

जम्बुवाली के वध का समाचार पाकर निशाचरराज रावण को बहत क्रोध आया। उसने सात मन्त्रिपुत्रों को और पाँच बड़े-बड़े नायकों को बुला कर आज्ञा दी कि उस दुष्ट वानर को जीवित या मृत मेरे सम्मुख उपस्थित करो। राक्षसराज की आज्ञा पाते ही सातों मन्त्रिपुत्र और पाँच नायक नाना प्रकार के शस्त्रास्त्रों से सुसज्जित असंख्य राक्षस सुभटों की एक विशाल सेना लेकर हो अशोकवाटिका की ओर चल पड़े। इस शत्रु सेना को आते देख पवनपुत्र हनुमान ने किटकिटा कर बड़ी भयंकर गर्जना की। इस घनघोर गर्जन को सुनते ही अनेक सैनिक तो भय से ही मूर्छित हो पृथ्वी पर गिर पड़े।

अनेक के कानों के पर्दे फट गये। कुछ ने हनुमान का भयंकर रूप और मृत राक्षस वीरों से पटी भूमि को देखा तो उनका साहस छूट गया और वे मैदान से भाग खड़े हुये। अपनी सेना को इस प्रकार पलायन करते देख मन्त्रिपुत्रों ने हनुमान पर बाणों की बौछार आरम्भ कर दी। बाणों के आघात से बचने के लिये हनुमान आकाश में उड़ने और शत्रुओं को भ्रमित करने लगे। आकाश में उड़ते वानरवीर पर राक्षस सेनानायक ठीक से लक्ष्य नहीं साध पा रहे थे। इसके पश्चात् वे भयंकर गर्जना करते हुये राक्षस दल पर वज्र की भाँति टूट पड़े। कुछ को उन्होंने वृक्षों से मार-मार कर धराशायी किया और कुछ को लात-घूँसों, तीक्ष्ण नखों तथा दाँतों से क्षत-विक्षत कर डाला।

इस प्रकार उन्होंने जब सात मन्त्रिपुत्रों को यमलोक पहुँचा दिया तो विरूपाक्ष, यूपाक्ष, दुर्धर्ष, प्रघर्स और भासकर्ण नामक पाँचों नायक तीक्ष्ण बाणों से हनुमान पर आक्रमण करने

लगे। जब दुर्धर्ष ने एक साथ पाँच विषैले बाण छोड़ कर उनके मस्तक को घायल कर दिया तो वे भयंकर गर्जना करते हुये आकाश में उड़े।

दुर्धर्ष भी उनका अनुसरण करता हुआ आकाश में उड़ा और वहीं से उन पर बाणों की वर्षा करने लगा। यह देख कर दाँत किटकिटाते हुये पवनपुत्र दुधर्ष के ऊपर कूद पड़े। इस अप्रत्याशित आघात को न सह पाने के कारण वह तीव्र वेग से पृथ्वी पर गिरा, उसका सिर फट गया और वह मर गया। दुर्धर्ष को इस प्रकार मार कर हनुमान ने एक साखू का वृक्ष उखाड़ कर ऐसी भयंकर मार-काट मचाई कि वे चारों नायक भी अपनी सेनाओं सहित धराशायी हो गये। कुछ राक्षस अपने प्राण बचा कर बेतहाशा दौड़ते हुये रावण के दरबार में पहुँच गये और वहाँ जाकर उसे सब योद्धाओं के मारे जाने का समाचार दिया।

जब रावण ने एक अकेले वानर के द्वारा इतने पराक्रमी नायकों तथा विशाल सेना के विनाश का समाचार सुना तो उसे बड़ा आश्चर्य और क्रोध हुआ। उसने अपने वीर पुत्र अक्षयकुमार को एक विशाल सेना के साथ अशोकवाटिका में भेजा। अक्षयकुमार ने हनुमान को दूर से देखते ही उन पर आक्रमण कर दिया। अवसर पाकर जब अंजनिपुत्र ने उसके समस्त अस्त्र-शस्त्रों को छीन कर तोड़ डाला तो अक्षयकुमार उनसे मल्लयुद्ध करने के लिये भिड़ गया। परन्तु वह हनुमान से पार न पा सका। हनुमान ने उसे पृथ्वी पर से इस प्रकार उठा लिया जिस प्रकार गरुड़ सर्प को उठा लेता है। फिर दोनों हाथों से बल लगा कर मसल डाला जिससे उसकी हड्डियाँ-पसलियाँ टूट गईं और वह चीत्कार करता हुआ यमलोक चला गया।

जब रावण ने अपने प्यारे पुत्र अक्षयकुमार की मृत्यु का समाचार सुना तो उसे बहुत दुःख हुआ। उसके क्रोध का अन्त न रहा। उसने अत्यन्त कुपित होकर अपने परमपराक्रमी पुत्र मेघनाद को बुला कर कहा, हे मेघनाद! तुमने घोर तपस्या करके ब्रह्मा से जो अमोघ अस्त्र प्राप्त किये हैं, उनके उपयोग का समय आ गया है। जाकर उस वानर को मृत्यु-दण्ड दो, जिसने तुम्हारे वीर भाई और बहुत से राक्षस योद्धाओं का वध किया है। पिता की आज्ञा पाकर परम पराक्रमी मेघनाद भयंकर गर्जना करता हुआ हनुमान से युद्ध करने के लिये चला।

जब तोरण द्वार पर बैठे हुये हनुमान ने रथ पर सवार होकर मेघनाद को अपनी ओर आते देखा तो उन्होंने भयंकर गर्जना से उसका स्वागत किया। इससे चिढ़ कर मेघनाद ने स्वर्णपंखयुक्त तथा वज्र के सदृश वेग वाले बाणों की उन पर वर्षा कर दी। इस बाण-वर्षा से बचने के लिये हनुमान पुनः आकाश में उड़ गये और पैंतरे बदल-बदल कर उसके लक्ष्य को व्यर्थ करने लगे। जब मेघनाद के सारे अमोघ अस्त्र लक्ष्य भ्रष्ट होकर व्यर्थ जाने लगे तो वह भारी चिन्ता में पड़ गया। फिर कुछ सोच कर उसने विपक्षी को बाँधने वाला ब्रह्मास्त्र छोड़ा और उससे हनुमान को बाँध लिया। फिर उन्हें घसीटता हुआ रावण के दरबार में पहुँचा।

- रावण के दरबार में - सुन्दरकाण्ड

हनुमान रावण के भव्य दरबार को विश्लेषणात्मक दृष्टि से देखने लगे। रावण का ऐश्वर्य अद्भुत था। वे सोचने लगे, अद्भुत रूप और आश्चर्यजनक तेज का स्वामी राजोचित लक्षणों से युक्त में यदि प्रबल अधर्म न होता तो यह राक्षसराज इन्द्रसहित सम्पूर्ण देवलोक का संरक्षक हो सकता था। इसके लोकनिन्दित क्रूरतापूर्ण निष्ठुर कर्मों के कारण देवताओं और दानवों सहित सम्पूर्ण लोक इससे भयभीत रहते हैं।

समस्त लोकों को रुलाने वाला महाबाहु रावण भूरी आँखोंवाले हनुमान को समक्ष इस प्रकार निर्भय खड़ा देखकर रोष से भर गया और क्रुद्ध होकर अपने महामन्त्री प्रहस्त से बोला, अमात्य! इस दुरात्मा से पूछो कि यह कहाँ से आया है? इसे किसने भेजा है? सीता से यह क्यों वार्तालाप कर रहा था? अशोकवाटिका को इसने क्यों नष्ट किया? इसने किस उद्देश्य से राक्षसों को मारा? मेरी इस दुर्जेय पुरी में इसके आगमन का प्रयोजन क्या है?

रावण की आज्ञा पाकर प्रहस्त ने कहा, हे वानर! भयभीत मत होओ और धैर्य धारण करो। सही सही बता दो कि तुम्हें किसने यहाँ भेजा है? महाराज रावण की नगरी में कहीं तुम्हें इन्द्र ने तो नहीं भेजा है? कहीं तुम कुबेर, यह या वरुण के दूत तो नहीं हो? या विजय की अभिलाषा रखने वाले विष्णु ने तुम्हें दूत बना कर भेजा है? यदि तुम हमें सच सच बता दो कि तुम कौन हो तो हम तुम्हें क्षमा कर सकते हैं। यदि तुम मिथ्या भाषण करोगे तो तुम्हारा जीना असम्भव हो जायेगा।

प्रहस्त के इस प्रकार पूछने पर पवनपुत्र हनुमान ने निर्भय होकर राक्षसों के स्वामी रावण से कहा, हे राक्षसराज! मैं इन्द्र, यम, वरुण या कुबेर का दूत नहीं हूँ। न ही मुझे विष्णु ने यहाँ भेजा है। मैं राक्षसराज रावण से मिलने के उद्देश्य से यहाँ आया हूँ और इसी उद्देश्य के लिये मैंने अशोकवाटिका को नष्ट किया है। तुम्हरे बलवान राक्षस युद्ध की इच्छा से मेरे पास आये तो मैंने स्वरक्षा के लिये रणभूमि में उनका सामना किया। ब्रह्मा जी से मुझे वरदान प्राप्त है कि देवता और असुर कोई भी मुझे अस्त्र अथवा पाश से बाँध नहीं सकते। राक्षसराज के दर्शन के लिये ही मैंने अस्त्र से बँधना स्वीकार किया है। यद्यपि इस समय मैं अस्त्र से मुक्त हूँ तथापि इन राक्षसों ने मुझे बँधा समझकर ही यहाँ लाकर तुम्हें सौंपा है। मैं श्री रामचन्द्र जी का दूत हूँ और उनके ही कार्य से यहाँ आया हूँ।

शान्तभाव से हनुमान ने आगे कहा, मैं किष्किन्धा के परम पराक्रमी नरेश सुग्रीव का दूत हूँ। उन्हीं की आज्ञा से तुम्हारे पास आया हूँ। हमारे महाराज ने तुम्हारा कुशल समाचार पूछा है और कहा है कि तुमने नीतिवान, धर्म, चारों वेदों के ज्ञाता, महापण्डीत, तपस्वी और महान ऐश्वर्यवान होते हुए भी एक परस्त्री को हठात् अपने यहाँ रोक रखा है, यह तुम्हारे लिये उचित बात नहीं है। तुमने यह दुष्कर्म करके अपनी मृत्यु का आह्वान किया है। उन्होंने यह भी कहा है कि लक्ष्मण के कराल बाणों के सम्मुख बड़े से बड़ा पराक्रमी भी नहीं ठहर सकता, फिर तुम उससे अपने प्राणों की रक्षा कैसे कर सकोगे? इसलिये तुम्हारे लिये उचित होगा कि तुम सीता को श्री रामचन्द्र को लौटा दो और उनसे क्षमा माँगो। यदि तुम ऐसा नहीं करोगे तो तुम्हारा अन्त भी वही होगा जो खर, दूषण और वालि का हुआ है।

हनुमान के ये नीतियुक्त वचन सुनकर रावण का सर्वांग क्रोध से जल उठा। उसने अपने सेवकों को आज्ञा दी, इस वानर का वध कर डालो। रावण की आज्ञा सुनकर वहाँ उपस्थित विभीषण ने कहा, राक्षसराज! आप धर्म के ज्ञाता और राजधर्म के विशेषज्ञ हैं। दूत के वध से आपके पाण्डित्य पर कलंक लग जायेगा। अतः उचित-अनुचित का विचार करके दूत के योग्य किसी अन्य दण्ड का विधान कीजिये।

विभीषण के वचन सुनकर रावण ने कहा, शत्रुसूदन! पापियों का वध करने में पाप नहीं है। इस वानर ने वाटिका का विध्वंस तथा राक्षसों का वध करके पाप किया है। अतः मैं अवश्य ही इसका वध करूँगा। रावण के वचन सुनकर उसके भाई विभीषण ने विनीत स्वर में कहा, हे लंकापति! जब यह वानर स्वयं को दूत बताता है तो नीति तथा धर्म के अनुसार इसका वध करना अनुचित होगा क्योंकि दूत दूसरों का दिया हुआ सन्देश सुनाता है। वह जो कुछ कहता है, वह उसकी अपनी बात नहीं होती, इसलिये वह अवध्य होता है।

विभीषण की बात पर विचार करने के पश्चात् रावण ने कहा, तुम्हारा यह कथन सत्य है कि दूत अवध्य होता है, परन्तु इसने अशोकवाटिका का विध्वंस किया है इसलिये इसे दण्ड मिलना चाहिये। वानरों को अपनी पूँछ बहुत प्यारी होती है। अतः मैं आज्ञा देता हूँ कि इसकी पूँछ रुई और तेल लगाकर जला दी जाये ताकि इसे बिना पूँछ का देखकर लोग इसकी हँसी उड़ायें और यह जीवन भर अपने कर्मों पर पछताता रहे।

रावण की आज्ञा पाते ही राक्षसों ने हनुमान की पूँछ को रुई और पुराने कपड़ों से लपेटकर उस पर बहुत सा तेल डालकर आग लगा दी। अपने पूँछ को जलते देख हनुमान को बहुत क्रोध आया। सबसे पहले तो उन्होंने रुई लपेटने और आग लगाने वाले राक्षसों को जलती पूँछ से मार मार कर पृथ्वी पर सुला दिया। वे जलते-चीखते-चिल्लाते वहाँ से अपने प्राण लेकर भागे। कुछ राक्षस उनका अपमान करने के लिये उन्हें बाजारों में घुमाने के लिये ले चले। उस दृश्य को देखने के लिये बाजारों में राक्षसों की और घरों के छज्जों तथा खिड़कियों पर स्त्रियों की भीड़ जमा हो गई। मूर्ख राक्षस उन्हें अपमानित करने के लिये उन पर कंकड़ पत्थर फेंकने तथा अपशब्द कहने लगे। इस अपमान से क्रुद्ध होकर स्वाभिमानी पवनसुत एक ही झटके से सारे बन्धनों को तोड़कर नगर के ऊँचे फाटक पर चढ़ गये और लोहे का एक बड़ा सा चक्का उठाकर अपमान करने वाले राक्षसों पर टूट पड़े। इससे चारों ओर भगदड़ मच गई।

- लंका दहन - सुन्दरकाण्ड

राक्षसों की भीड़ भयभीत होकर भाग गई। हनुमान जी के समस्त मनोरथ पूर्ण हो गये थे। वे विचार करने लगे कि मैंने अशोकवाटिका को नष्ट कर दिया, बड़े-बड़े राक्षसों का भी मैंने वध कर डाला और रावण की काफी बड़ी सेना का सँहार भी कर दिया। तो फिर लंका के इस दुर्ग को भी क्यों न ध्वस्त कर दूँ। ऐसा करने से समुद्र-लंघन का मेरा परिश्रम पूर्णतः सफल हो जायेगा। मेरी पूँछ में जो ये अग्निदेव देदीप्यमान हो रहे हैं, इन्हें इन श्रेष्ठ गृहों की आहुत

देकर तृप्त करना ही न्यायसंगत जान पड़ता है।

ऐसा सोचकर वे जलती हुई पूँछ के साथ लंका की ऊँची-ऊँची अट्टालिकाओं पर चढ़ गये और विचरण करने लगे। घूमते-घूमते वायु के समान बलवान और महान वेगशाली हनुमान उछलकर प्रहस्त के महल पर जा पहुँचे और उसमें आग लगा कर महापार्श्व के घर पर कूद गये तथा उसमें भी कालाग्नि की ज्वाला को फैला दिया। तत्पश्चात महातेजस्वी महाकपि ने क्रमशः वज्रदंष्ट्र, शुक, सारण, मेघनाद, जम्बुवाली, सुमाली, शोणिताक्ष, कुम्भकर्ण, नरान्तक, यज्ञ-शत्रु, ब्रह्मशत्रु आदि प्रमुख राक्षसों के भवनों को अग्नि की भेंट चढ़ा दिया। इनसे निवृत होकर वे स्वयं रावण के प्रासाद पर कूद पड़े। उसके प्रमुख भवन को जलाने के पश्चात् वे बड़े उच्च स्वर से गर्जना करने लगे।

उसी समय प्रलयंकर आँधी चल पड़ी जिसने आग की लपटों को दूर-दूर तक फैला कर भवनों के अधजले भागों को भी जला डाला। लंका की इस भयंकर दुर्दशा से सारे नगर में हृदय-विदारक हाहाकार मच गया। बड़ी-बड़ी अट्टालिकाए भारी विस्फोट करती हुई धराशायी होने लगीं। स्वर्ण निर्मित लंकापुरी के जल जाने से उसका स्वर्ण पिघल-पिघल कर सड़कों पर बहने लगा। सहस्त्रों राक्षस और उनकी पत्नियाँ हाहाकार करती हुई इधर-उधर दौड़ने लगीं। आकाशमण्डल अग्नि के प्रकाश से जगमगा उठा। उसमें रक्त एवं कृष्णवर्ण धुआँ भर गया जिसमें से फुलझड़ियों की भाँति चिनगारियाँ छूटने लगीं। इस भयंकर ज्वाला में सहस्त्रों राक्षस जल गये और उनके जले-अधजले शरीरों से भयंकर दुर्गन्ध फैलने लगी। सम्पूर्ण लंकापुरी में केवल एक भवन ऐसा था जो अग्नि के प्रकोप से सुरक्षित था और वह था नीतिवान विभीषण का प्रासाद।

लंका को भस्मीभूत करने के पश्चात वे पुनः अशोकवाटिका में सीता के पास पहुँचे। उन्हें सादर प्रणाम करके बोले, हे माता! अब मैं यहाँ से श्री रामचन्द्र जी के पास लौट रहा हूँ। रावण को और लंकावासियर्यों को मैंने राघव की शक्ति का थोड़ा सा आभास करा दिया है। अब आप निर्भय होकर रहें। अब शीघ्र ही रामचन्द्र जी वानर सेना के साथ लंका पर आक्रमण करेंगे और रावण को मार कर आपको अपने साथ ले जायेंगे। अब मुझे आज्ञा दें ताकि मैं लौट कर आपका शुभ संदेश श्री रामचन्द्र जी को सुनाऊँ जिससे वे आपको छुड़ाने की व्यवस्था करें। यह कह कर और सीता जी को धैर्य बँधाकर हनुमान अपने कटक की ओर चल पड़े।

जनकनन्दिनी से विदा लेकर तीव्रवेग से विशाल सागर को पार करते हुये हनुमान वापस सागर के उस तट पर पहुँचे जहाँ असंख्य वानर जाम्बवन्त के और अंगद के साथ उनकी प्रतीक्षा में आँखें बिछाये बैठे थे। अपने साथियों को देख कर हनुमान ने आकाश में ही भयंकर गर्जना की जिसे सुन कर जाम्बवन्त ने प्रसन्नतापूर्वक कहा, मित्रों! हनुमान की इस गर्जना से प्रतीत होता है कि वे अपने उद्देश्य में सफल होकर लौटे हैं। इसलिये हमें खड़े होकर हर्षध्वनि के साथ उनका स्वागत करना चाहिये। उन्होंने हमें यह सौभाग्य प्रदान किया है कि हम लौट कर रामचन्द्र जी और वानरराज सुग्रीव को अपना मुख दिखा सकें। इतने में ही हनुमान ने वहाँ पहुँच कर सबका अभिवादन किया और लंका का समाचार कह सुनाया।

जब सब वानरों ने सीता से हुई भेंट का समाचार सुना तो उनके हृदय प्रसन्नता से भर उठा और वे श्री रामचन्द्र तथा पवनसुत की जयजयकार से वातावरण को गुँजायमान लगे। इसके पश्चात् वे लोग हनुमान को आगे करके सुग्रीव के निवास स्थान प्रस्रवण पर्वत की ओर चले। मार्ग में वे मधुवन नामक वाटिका में पहुँचे जिसकी रक्षा का भार सुग्रीव के मामा दधिमुख पर था। इस वाटिका के फल अत्यन्त स्वादिष्ट थे और उनका उपयोग केवल राजपरिवार के लिये सीमित था। अंगद ने सब वानरों को आज्ञा दी कि वे जी भर कर इन स्वादिष्ट फलों का उपयोग करें। आज्ञा पाते ही सब वानर उन फलों पर इस प्रकार टूट पड़े जैसे लूट का माल हो। अपनी क्षुधा निवारण कर फिर कुछ देर आराम कर वे सब सुग्रीव के पास पहुँचे और उनसे सारा वृतान्त कहा।

- सीता का संदेश देना - सुन्दरकाण्ड

समस्त वृतान्त सुनने के पश्चात् सुग्रीव सभी आगत वानरों सहित विचित्र कानों से सुशोभित प्रस्रवण पर्वत पर श्री रामचन्द्र जी के पास गये। करबद्ध हनुमान ने रामचन्द्र जी को सीता जी का समाचार देते हुए विनयपूर्वक कहा, प्रभो! रावण ने जानकी जी को क्रूर राक्षसियों के पहरे में रख छोड़ा है जो उन्हें नित्य नई-नई विधियों से त्रास देती हैं और उनका अपमान करती हैं। यह सब कुछ मैंने स्वयं देखा है। वे केवल आपके दर्शनों की आशा पर ही जीवित रह कर यह दुःख और अपमान सहन कर रही हैं। उधर रावण निरन्तर उनके पीछे पड़ा हुआ है। वे अपने सतीत्व की रक्षा के लिये सदा भयभीत रहती हैं।

इतना कह कर हनुमान ने सीता के द्वारा दी गई दिव्य चूड़ामणि श्री रामचन्द्र जी को देते हुये कहा, नाथ! मैंने उन्हें आपका संदेश सुना कर आपकी मुद्रिका दे दी थी। उन्होंने यह अपनी निशानी आपको देने के लिये दी है।सीता का संदेश पाकर श्री राम अत्यन्त प्रसन्न हुये और उन्होंने उठ कर पवनसुत को अपने हृदय से लगा लिया। वे बोले, हे अंजनीकुमार! सीता का संदेश मुझे विस्तारपूर्वक सुनाओ। उसे सुनने के लिये मेरा हृदय व्याकुल हो रहा है।

राम का आदेश पाकर हनुमान कहने लगे, हे राघव! वे दिन-रात आपका ही स्मरण करती रहती हैं। उनके नेत्रों के समक्ष केवल आपकी छवि रहती है। उन्होंने सन्देश भेजा है कि रावण ने मुझे दो मास की अवधि दी है। इस अवधि में आप मुझे उसके हाथों से अवश्य मुक्त करा लें। यदि इन दो मासों में आप मुझे मुक्त न करा सके तो मैं अपने प्राण त्याग दूँगी। आप तीनों लोकों को जीतने की सामर्थ्य रखते हैं और आपकी अपूर्व क्षमता में मुझे अटल विश्वास है। रावण को परास्त करना आपके लिये कोई कठिन काम नहीं है। अतएव शीघ्र आकर इस दासी को बन्धन से मुक्त कराइये।

पवनसुत की बात सुनकर तथा उस दिव्य चूड़ामणि को देख कर श्री रामचन्द्र शोकसागर में डूब गये और उनके नेत्रों से अश्रुधारा प्रवाहित हो चली। फिर कुछ संयम रख कर वे सुग्रीव से बोले, हे वानराधिपति! जिस प्रकार दिन भर की बिछुड़ी हुई कपिला गौ अपने बछड़े की

आहट पाकर उससे मिलने के लिया आकुल हो जाती है, उसी प्रकार इस दिव्य मणि को पाकर मेरा मन सीता से मिलने के लिये अधीर हो उठा है। उसकी कष्ट की गाथाओं को सुनकर मेरा हृदय और भी विचलित हो गया है। मुझे विश्वास है कि यदि सीता एक मास भी रावण से अपनी रक्षा करती हुई जीवित रह सकी तो मैं उसे अवश्य बचा लूँगा। मैं उसके बिना अधिक दिन तक जीवित नहीं रह सकता। तुम मुझे शीघ्र लंका ले चलने की व्यवस्था करो। अपनी सेना को तत्काल तैयार होने की आज्ञा दो। अब मेरे बाण रावण के प्राण लेने के लिये तरकस में अकुला रहे हैं। अब वह दिन दूर नहीं हैं जब जानकी और सारा संसार रावण को सपरिवार मेरे बाणों के रथ पर बैठ कर यमलोक को जाता देखेंगे।

- ॥ रामायण सुन्दरकाण्ड समाप्त॥

www.ingramcontent.com/pod-product-compliance
Lightning Source LLC
LaVergne TN
LVHW010434230826
846092LV00009BA/1161

* 9 7 9 8 8 8 8 1 5 5 7 8 3 *